随笔春秋

陈世东 著

中国文联出版社
http://www.clapnet.cn

前言
是什么把心点亮

张持坚（原新华社上海分社副社长）

世东的这本自选集，是他长期以来结合实际读书和思考的笔记汇编。她们源自于他的生活阅历和投身商海后的几多搏击，也源自于父辈的言传身教和大自然的山山水水给予他心灵的启迪。她们由一篇篇短文组成，点点滴滴汇成的是一束五彩的花朵。

世东自幼爱读书，也好琢磨和思考。但是，这条路走得并不平坦，尤其在扭曲的"文革"时代。1968年，初中毕业的世东从上海下乡到黑龙江生产建设兵团五十团。不久，我也来到了那里落户。人还没见着，陈世东"大马列"的名声已响亮地传来。以后，听过他阐述伟人发布的最新的"最高指示"的讲课，看过他撰写的辅导团首长学习马列理论的教材。不过，在人们"大马列"的称呼声中，听得出是夹杂着"揶揄"的成分。这难怪世东，是那个疯狂的岁月把许多涉世不深的热血青年裹挟了进去。然而，谁不是历经风雨后逐渐变得理智、成熟和练达起来的呢？回首被"假大空"愚弄的往事,世东直叹"教训太深刻了!"他扬弃了糟粕,把读书、思考、总结的思想方法留存了下来。

20世纪80年代,在改革开放的热潮中,在国家机械工业部营销管理局任职的世东,施展着才华。然而不久,听到他辞职"下海"的消息,不免有些惊讶,因为那时从国家部委辞职的事鲜有发生。后来碰面时,他解释,在部里常和企业打交道,发现下面对上面的政策了解很少,这不利企业的发展。他觉得自己有对企业的需求和对部委政策都熟悉的优势,如果做好两者的衔接工作,对经济发展无疑是有好处的。他毅然"下海",办起了专为企业服务的咨询公司。这是"跨界"很大的一步,是需要勇气的,而这勇气来自世东的敏锐观察——他从市场经济的苗头,已预感到它必然会蓬勃发展的趋势。

商海无垠,是一所学问无限的大学校。唯有读书学习,唯有不断地思考、总结,才能在风浪中前行。在这坎坷曲折的路途中,世东边学边干,逐渐摸索出了商海搏击须时时遵循的八条:

> 准确定位是商海搏击的奠基石
> 适时抓机是商海搏击的望远镜
> 经营人脉是商海搏击的助推器
> 战略决策是商海搏击的生命线

执行细节是商海搏击的成功法
总结败误是商海搏击的清醒剂
遵守法律是商海搏击的护身器
修身养心是商海搏击的原动力

在书中的"感悟篇"中，他写下了如下的两段话：

人生走窄路时不要灰心丧气，要沉着应对，要总结教训，要待机而动。

走宽路时，也不要骄傲，飘飘欲仙，而是要战战兢兢，如履薄冰，扎扎实实做好每件工作，积累取胜基础，使自己的路子走得更宽。

这些见识无疑是理智的，务实的。一个人能在实践中悟出这样的理念，心就敞亮了，做人做事的路就宽阔了。

世东已被不少企业聘为顾问，参与了诸多国家和省市级经济项目的策划和运筹，我国高层智库——中国国际经济交流中心环球投资公司已吸纳他为资深顾问。

但他没有满足。出版这本书，就是想在小结前段的基础上，继续前行。

我们为世东高兴，也祝福世东明天更美好！

2015 年 11 月 25 日

自序
生命点露

尊敬的朋友：

  有人作过统计生命存活期在三万多天，因各自情况不同存活期各有不同。生命都是在平凡而简单中一点点度过，但是观其名家或者平凡人一生，他们在生命历程中都会出现闪光点，在关键时，会谱写出华丽彩章，会流露出许多真情实意的东西，我把它称之为生命点露。生命过去中流露出那晶莹剔透的甘露，这是人生中最本质最纯真的东西，我试着想把它回忆起来，挖掘出来，和大家一起来分享研究。

  近几年，自己从工作、学习、交往过程中自然而然产生一些感悟、感想，随手写了下来，久而久之，积累几十篇文章，它就如我的生命中渗透出的点露，晶莹剔透。现把它们发表出来，和大家分享，也请读者指正。

  本书中回忆录部分内容由司瑞女士协助完成，书籍编辑出版相关工作由孙玉萍女士、陈颖女士、王铤淇先生负责完成。在此特别感谢他们的努力工作和真诚付出。

目 录

读 史 篇

大策划家吕不韦的思维 …………………………（3）
何为帝王之师 ……………………………………（5）
论楚汉相争相持阶段的正面战场 ………………（9）
张良一生中几次偶然因素帮了他大忙 …………（12）
项伯四助刘邦之谜 ………………………………（15）
试论刘邦对韩信七个心 …………………………（18）
刘邦是怎样处理突发生死危机 …………………（25）
项羽在分封问题上的五大失误 …………………（27）
谈谈李广一生未能封侯的自身原因 ……………（30）
从李白入狱看亲情友情 …………………………（33）
王维一首救命诗 …………………………………（36）
御前应对 …………………………………………（39）
曹雪芹家族衰败的阶段及深因 …………………（41）
评点中国历史上10大经典遗言 …………………（43）

感 悟 篇

赴加拿大追记……………………………………（47）

唤鲨、捕鲨、放鲨………………………………（50）

韶关南华寺大雄宝殿的看点……………………（52）

久违了——登高…………………………………（54）

母亲颂——世界上最美两条曲线………………（57）

给女儿的一封信…………………………………（60）

喷泉池儿童游玩天堂……………………………（63）

点赞章宝琛女士…………………………………（65）

蓝、白、黄三色交响曲…………………………（70）

鹰击长空，鱼翔浅底……………………………（73）

人生无处不相逢…………………………………（75）

赞基辛格…………………………………………（77）

张弓之道…………………………………………（79）

风雨之道…………………………………………（82）

柔弱与刚强的辩证法……………………………（83）

点评死的别叫……………………………………（84）

古人用瓷枕作枕头睡觉，好受吗………………（86）

参访江苏太仓同觉寺……………………………（90）

游鼎湖山…………………………………………（92）

赞北京天空高原蓝…………………………………（94）

打油诗篇

发车有感……………………………………………（103）
双节感怀……………………………………………（105）
重阳登世博建设大厦顶层眺望世博规划园区
有感…………………………………………………（106）
贺中国西部农业马铃薯发展高层论坛
胜利召开……………………………………………（107）
感恩中银国际高级总裁陈晓露………………………（109）
赞中海雅园北门内桃花盛开…………………………（111）
二〇〇九年八月八日晨游紫竹院公园有感 ………（112）
赏广州花城汇广场夜色………………………………（113）
小聚翁敏茶庄…………………………………………（114）
游杭州云栖竹径………………………………………（116）
游济南趵突泉有感……………………………………（118）
祝大舅陈兴邦八十大寿………………………………（121）
开车上香港太平山游览有感…………………………（123）
贺中国工艺雕漆大师文乾刚率工作室弟子自驾游
胜利返京……………………………………………（124）
观阳澄湖美景，吃金爪蟹美食有感…………………（128）

3

秋日登黄山 ………………………………………（131）

观摄影获奖作品《五台山台北》有感 …………（133）

观残荷照有感 ……………………………………（135）

登宜宾东山白塔观三江汇聚处有感 ……………（137）

观花蕾有感 ………………………………………（143）

和广东南方医院杨运高教授夫妇登深圳大梅沙
喜来登酒店观海作词 ……………………………（144）

登2000号游轮观赏悉尼湾景有感………………（145）

人生宽窄 …………………………………………（147）

适可而止 …………………………………………（150）

回 忆 篇

第1集　家事国事　事事相联 ………………（153）

第2集　旅客证 …………………………………（160）

第3集　生死劫 …………………………………（169）

第4集　麦浪里的姻缘 …………………………（179）

第5集　忆张茅 …………………………………（200）

商 海 篇

商海搏击八字经 …………………………………（213）

读史篇

大策划家吕不韦的思维

吕不韦把秦国在赵国做人质的公子异人成功策划并运作成为秦国的储君和国君，在当时真是惊天破石的杰作。

吕不韦首先分析了秦王室错综复杂的关系。

第一，异人的父亲安国君是秦国的太子并继位在即。

第二，异人是安国君二十多子中的一位。

第三，异人的母亲夏姬不受宠。

第四，异人作为人质流入他乡，穷困潦倒。

第五，安国君最宠的华阳夫人无子，她面临安国君去世后被淘汰的局面。

吕氏春秋

其次吕不韦制定了调整秦王室关系的方案，即把异人运作成为华阳夫人的义子，进而华阳夫人力推异人为秦国储君，这样他的策划就能大告成功。

最后吕不韦通过三步的运作，确立了异人为秦国的储君。

第一步，吕不韦首先和异人结成战略利益关系，异人承诺，如吕不韦能运作成功，共享天下。然后吕送金五佰，送美女赵姬于异人。

第二步，吕又通过送礼和陈述利害关系的手段，使华阳夫人及其姐弟接纳吕的建议并纳异人为义子，改名子楚。

第三步，华阳夫人通过和安国君的交涉，终于刻玉为凭，立子楚为太子。至此，秦王朝内部就结成了以秦氏、华阳氏、吕氏三大家族共同利益为基础的战略同盟。吕不韦使六佰金贿赂赵国军队，使得异人能逃回秦国。

安国君当政三天病死，子楚即位，封华阳夫人，亲生母亲夏姬为皇太后，封吕不韦为宰相，至此吕不韦的大策划圆满完美落幕。

吕不韦在策划中运用的事物关联思维，目标思维，人性软肋思维发挥得淋漓尽致。

何为帝王之师

张良一生为刘邦集团打天下，守天下出谋划策大约共计十七策。

在进军咸阳，灭秦过程中共出三策，即攻取宛城之策、攻取崤山之策、还军霸上之策。

在楚汉相争过程中共出九策，即鸿门大策，请封汉中之策，烧绝栈道之策，迷惑项羽之策，下邑大策，谏阻分封六国后代之策，妥协分封韩信齐王之策，跨越鸿沟之策，大分封、战垓下之策。

在巩固刘邦天下，并以求自保过程中共出五策，即定都大策，扩大分封之策，请四皓辅助太子之策，拥立萧何为相之策，请封留侯之策。

张良

张良的这些奇谋良策，从性质上看，有军事上的，政治上的，政治上的居多。从重要性上看，有战略的、全局之策，也有战役的、局部之策。从内容上看，更是精彩绝伦，叹为惊之，无愧一代谋圣。北宋政治家王安石曾写诗赞道："汉业存亡俯仰中，留侯于此每从容。固陵始义韩彭地，复道方图雍齿封。"肯定张良的一生有助于秦亡汉立的历史进程。

那么张良这些良策有什么特点呢？

第一，善于调整刘邦集团内部利益。

刘邦向项羽请封汉中属地之际，张良视金钱如粪土，把刘邦给他的赏金如数送给了项伯，请项伯为刘邦封汉中属地协调。

对待分封问题上，张良为刘邦出策七处之多，占据他为刘邦出谋划策总量的百分之四十有余。

6

例如下邑大策，实际把天下一部分利益让渡给韩信、彭越、英布。

又例如踩脚封齐王，就是把齐国让渡给韩信。在韩信要求刘邦分封假齐王之际，张良、陈平及时提醒刘邦，封韩信为真齐王，亲自赴齐宣布，在反楚的关键时候，巩固了刘韩联盟。

再例如：在刘、项垓下大决战前夜，张良又向刘邦提出共天下，才能得天下之理。封王裂土于韩信、彭越、英布。最后使霸王别姬，乌江自刎。垓下之战从发起到最后胜利，都是刘邦听了张良之策，正式分封韩信、彭越、英布为王。他们才出兵灭楚。

还例如：在郦食其建议分封六国后代，自毁刘邦一统天下宏愿之际，张良严正义词批驳郦的谬论，避免了一场历史的大倒退。

在刘邦夺取全国政权之后，张良又及时地提出扩大分封，封萧何为相，请封留侯等策，进一步巩固刘邦政权。

综上所述，无论是被封，或者是分封，其核心都是权利和利益的调配，刘邦在张良辅助下，较好地处理了分封上的一系重要问题。赢得了人心，赢得了天下。反之，项羽呢？

第二，对付项羽集团，他基本采用以柔克刚，始终迷惑忽悠项羽。体现张良深厚道家功底。鸿门宴以战友情忽悠。请封汉中买通项伯忽悠。烧绝栈道以天险忽悠。划沟

7

而治以和平忽悠。最后忽悠项羽乌江自刎。

第三，对刘邦他是分合结合。一开始是合，马上分，自己为复韩国而战。后不行又追随刘灭秦。韩王复国他又回去。最后项羽杀死韩王，他彻底归汉。关键时候坚决拥刘。

第四，对自己是功成身退，上善如水。

帝王之师必须具备的条件。

首先，他要有广度深度的见识，张良家族在韩国五代为相，从小耳濡目染。

第二，他要有丰富多彩的学识。拜黄石太公学习。

第三，他要有惊世骇俗的胆识。搏浪沙锤击秦始皇，太牛奔了，居然还能躲过一劫。

第四，他要有深察人情的常识。对待项伯，他视敌似友。对韩王视倒真扶。对吕后视离还帮。对项羽视交非帮。对刘邦视离真合。

第五，他要有超越人间的道识，他对利视为粪土，对名过眼烟云。对朋友忠心赤胆，对敌手痛下杀手。对自己知足知止，功成身退。对事业一生赤胆，无怨无悔。

论楚汉相争相持阶段的正面战场

在楚汉相争的四至五年的战争中，第一阶段为刘邦的战略进攻，后被项羽击败阶段。第二阶段是刘项在荥阳、成皋、敖仓一带相持拉锯阶段。第三阶段是刘邦战略反攻，项羽彻底败亡阶段。

刘邦在相持阶段的正面战场上，打得最为艰苦，最为反复，最为消耗。它极大消灭了项羽的有生力量，极大支持了韩信的北方战场和彭越的敌后游击战，极大鼓舞全国反项势力的信心。

下文就相持阶段的正面战场三个阶段和特点进行分析。

第一荥阳拉锯阶段。刘邦采取的策略是防中有撤，防中有间。

刘邦采取了四个措施在荥阳建立了防御项羽西进的桥头堡。

措施一，萧何分拆一个军团把守荥阳。

措施二，联通荥阳至关中的补给线。

措施三，构建荥阳到敖仓的甬道。

措施四，建立以灌婴为首的骑兵集团，看守甬道。

范增发现了汉军在防守甬道的弱点，项羽即率重兵攻击甬道。刘邦面临巨大压力，随后听从陈平之策，纪信代主，金蝉脱壳，撤兵关中。同时，陈平用计，离间了项羽和范增的关系。

第二成皋争夺阶段，刘邦采用策略是防中有扰，扰中有攻。

刘邦听从辕生之计，再次复出关中，布兵宛城、叶城。吸引项羽主力，减轻荥阳、成皋压力，但英布在项羽重压下，一弃成皋。刘邦及时联络了彭越，在项羽后方击杀了薛公、项声兵团，袭扰粮道。项羽即刻回防。刘邦防中有攻，乘机击杀终公，夺回成皋。

当项羽回到正面战场，攻克荥阳，重压成皋，英布再次弃皋。刘邦故伎重演，听取郑忠计，派卢绾、刘贾率兵与彭越会合，合力攻击楚军及粮道，迫使项羽再次回防。刘邦设计诱曹咎出城击杀，二夺成皋，沉重打击了项羽西进的信心。

第三广武对峙阶段，这阶段刘邦对项羽打得更多是心理战、外交战。防中有谈，谈中有和，和中有诈。

项羽烹杀刘太公，刘邦要分一杯羹。项羽要单打独斗，刘邦却历数项羽十大罪状。最后刘邦张良设和谈骗局，鸿沟为界，归回人质，项羽退兵。刘邦和中设诈，乘机追击项羽。

刘邦在相持阶段的正面战场上，集众人智慧，较好把握、处理防御和进攻、正面战场和后方战场、战争和后勤、战争和谈判诸方面的关系，为彻底消灭项羽奠定坚实基础。

张良一生中几次偶然因素帮了他大忙

第一次，救人救出了机会。

张良椎击秦王未遂，被悬榜通缉，不得不埋名隐姓，逃匿于下邳（今江苏睢宁北），静候风声。

在下邳他偶遇了杀人犯项伯，张良把他藏匿起来，后来这个项伯在鸿门宴，加封汉中，释放刘邦父亲和妻女中发挥不可替代的因素。

第二次，投奔投出了机会。

秦二世元年（公元前209年）七月，陈胜、吴广在大泽乡揭竿而起，举兵反秦，紧接着，各地反秦武装风起云涌。

矢志抗秦的张良也聚集了100多人，扯起了反秦的大旗。后因自感身单势孤，难以立足，只好率众投奔景驹（自立为楚假王的农民军领袖），途中正好遇上刘邦率领义军在下邳一带发展势力。两人一拍即合，张良多次以《太公兵法》（《素书》）进说刘邦，刘邦多能领悟，并常常采纳张良的谋略。于是，张良果断地改变了投奔景驹的主意，

读 史 篇

决定跟从刘邦。

作为士人，深通韬略固然重要，但施展谋略的前提则是要有善于纳谏的明主。这次不期而遇，张良"转舵"明主，反映了他在纷纭复杂的形势中清醒的头脑和独到的眼光。从此，张良深受刘邦的器重和信赖，聪明才智也有机会得以充分发挥。

在今后反秦和灭楚战斗中，慢慢培养起感情，成为刘邦帝王之师。

第三，送行送出了机会。

同年七月，张良送刘邦到褒中（今陕西褒城）。此处群山环抱，沿途都是悬崖峭壁，只有栈道凌空高架，以度行人，别无他途。

张良观察地势，建议刘邦待汉军过后，全部烧毁入蜀的栈道，表示无东顾之

意，以消除项羽的猜忌，同时也可防备他人的袭击。这样，就可以乘机养精蓄锐，等待时机，再展宏图了。刘邦依计而行，烧掉了沿途的栈道。

　　张良此计，可谓用心良苦，它为刘邦的巩固发展和日后东进，取得了重要的保证。刘邦入汉中后，励精图治，积极休整。同年八月，刘邦用大将韩信之谋，避开雍王章邯的正面防御，乘机从故道"暗度陈仓"（今陕西宝鸡），从侧面出其不意地打败了雍王章邯、塞王司马欣和翟王董翳，一举平定三秦，夺取了关中宝地，略定三秦，刘邦倚据富饶、形胜的关中地区，便可以与项羽逐鹿天下了。

　　一个"明烧"，一个"暗度"，张、韩携手，珠联璧合，成为历史上的一段脍炙人口的佳话。

读 史 篇

项伯四助刘邦之谜

项伯是项羽的叔叔,官至左尹,一个敌对阵营中的重要官员,他四次在重大时刻帮助刘邦,为何呢?

项伯第一次出于一个义字间接帮助了刘邦。项羽在鸿门收到曹无伤的小报告,说刘邦要自立关中王。

项羽大为震怒,第二天要以四十万大军消灭刘邦。因张良曾救过项伯的命,项伯出于义气,夜告张良赶快逃命。

刘邦

但在张良的协调下,张刘做通了项伯的工作。

项伯连夜赶回项羽处说情,项羽取消这次行动。项伯以朋友之间的小义损害了集团之间的大义。

15

项伯第二次出于一个情字帮助刘邦。鸿门宴上,在范增的指使下,项庄舞剑,意在沛公。刘邦命悬一线,项伯想起昨夜星辰已和刘邦结为儿女亲家,亲不亲已是一家人,决然舞剑护刘。

项伯第三次出于一个利字帮助刘邦。在反秦斗争取得胜利之后,项羽把巴蜀分给了刘邦,刘邦出于战略考虑向项羽请封汉中,张良散金游说项伯,项伯向项羽陈情,刘邦如愿以偿。项伯以己小利损害集团大利。

项伯

项伯最后一次出于一个势字帮刘邦。在成皋战场上,项羽架起油锅要烹刘父及妻,经项伯劝说,保全了他们性命。

项伯已敏锐察觉到项刘阵营情势已悄悄发生了变化。后项羽时代已经来临,为自己留条后路,真是识时务者为俊杰。

  被别人帮助，帮助别人。究其原因无非是为义、为情、为利、为势等原因。你做好了帮助别人和被别人帮助的准备了吗?

试论刘邦对韩信七个心

第一，刘邦对韩信的不满之心。

项羽攻破荥阳后，项羽的主力部队火速向成皋施压。刘邦在成皋下令要求韩信火速增援，韩虽答应，却迟迟未派援军。刘邦急中生智，带着夏侯婴出成皋、渡黄河到韩军中调兵。刘邦搞突然袭击，调兵成功。此时刘对韩的不满之心油然而生。

刘仍命张耳驻守赵地，又拜韩信为赵国相国并统领很少一部分兵力立即做好东征齐地。刘邦带走20万精兵，只留数万残兵给韩信，韩肯定对此也不满。这样刘韩之间第一次产生裂痕，互为不满对方。

第二，刘邦对韩信的戒备之心。（权衡之心）

在灭齐、降齐的问题上，刘邦、郦食其是这样考虑的。

1. 齐国实力雄厚。

2. 齐国软实力也厉害。（齐人多变诈、擅智略）

3. 齐国和楚国关系不错。

4. 灭齐是持久战，影响灭项全局。

5. 心理因素，项羽曾数次攻齐无果。

6. 结论：与其力征、不如智取。

这一重大战略步骤是完全正确的，郦食其漂亮的完成了这一使命。

韩信是怎样考量的呢？

前题：韩信集结的五万东征军团先锋已达齐国平原县。韩信接报齐汉结盟，并得知齐方已解除厉下（今济南）的战备。

韩信第一个考量是，停止军事行动，配合刘邦战略部署。如这样做结果。

1. 降齐功劳全归郦食其。

2. 韩信兵马不可能壮大到 30 万。

3. 得不到齐国土地。

4. 也没有封王的资本。

韩信在蒯通的劝说下，改变第一考量，实施武装灭齐的第二考量。虽然刘邦没有下停止灭齐命，但韩不请示，不汇报，不顾大局，擅自行动。

不顾刘邦背负负齐的恶名。

不顾郦食其的死活。

不顾千万生灵涂炭。

全面发动灭齐战争，结果是：

首先郦食其被齐所杀。（刘邦不愿意看到）

其次攻破临淄。（刘邦愿意看到）

再次截杀龙且。（刘邦愿意看到）

次后荡平齐国。（刘邦愿意看到）

最后乘势做大做强自己。（刘邦不愿意看到）

此时韩信个人主义达到了登峰造极，个人利益取得了最大化。

刘邦此时为什么不下命韩信停止进攻。

刘邦此时为什么不拉郦食其一把。

刘邦此时为什么能容忍韩信的所作所为。

刘邦此时又是怎样考量、怎样平衡的呢。史书没有写。大家可深思再深思。

对这样一个极端个人主义者刘邦能不生出戒备之心吗？

第三，刘邦对韩信的忿恨之心。

韩信有了齐地，有了30万大军，以其作资本向刘邦求封假齐王。韩的求封是其极端个人主义的再次延续和暴发，有三错。

一是求封时间错。刘邦此时箭伤未愈，被项羽困在成皋战场，不来支援，反而求名逐位。

二是求封方式错。不该自己直言上书，而是要通过第三者转求。

三是求封内容错。求假齐王有虚伪之嫌。

总之，韩信求封是他灭齐行为的继续，也是韩信市井之心的必然表现。

最后刘邦在张良、陈平踏脚劝说下，勉强封王韩信，但对韩的忿恨之心欲燃案上。

第四，刘邦对韩信的无奈之心。（摈弃之心）

刘邦越过鸿沟，追击项羽至固陵阳夏城南方时，刘邦就派特使传令韩信、彭越速来合围项羽，韩彭拥兵自重就是不来，君臣直接对抗。

韩信连续走了三步臭棋，埋下他今后的杀身之祸。

第一步，违反刘邦和平解放齐国的战略部署，乘势武装灭齐，做强做大自己。

第二步，在刘邦和项羽在正面战场生死对决时，不顾刘邦安危求封齐王。

第三步，在刘项最后决战最关键时刻拥军自重，挟要扩封自己。

刘邦无可奈何，只得依张良之法，扩封疆土。韩彭随即赶到，合围斩杀项羽于垓下。

此时刘邦完全认清了韩彭的真面孔，看透了韩信，不是心腹是路人，不是朋友是利用，不是交情是交易，是合

21

伙人同路人。防之、弃之、杀之就是刘邦今后对韩彭的定策了。

第五，刘邦对韩信的打击之心。（恐惧之心）

灭项之后，韩信利用价值大大降低，刘邦马上采取软硬两手打击韩信。

硬的是，在张良、陈平建议下，刘邦亲率禁卫军直奔定陶，假借劳军直入韩信大本营夺其三十万大军令旗。内有灌婴骑兵兵团和曹参的步兵兵团配合。

软的是，刘邦承诺韩信迁封楚王，楚地远大于齐，韩是楚人，也乐意去楚，心理上得到平衡。

第六，刘邦对韩信的斩杀之心。

刘邦获悉韩信在楚地收留朝廷重犯钟离昧并有谋反意图，立即采用陈平之计假游云梦，诱捕了韩信。韩信不禁对天感叹："狡兔死，走狗烹，飞鸟尽，良弓藏，敌国破，谋臣亡。"押回洛阳，查无实据，刘邦降韩信为淮阴侯。刘邦斩杀韩信之意跃然纸上。

第七，刘邦对韩信的怜悯之心。

韩信被刘邦软禁在长安，继续表示出对刘邦集团的抗拒之心。

1. 称病长期不上朝。

2. 不和刘邦亲臣为伍。

3. 勾结陈豨做长安内应谋反。

韩信谋反意图很快有人密告吕后，吕后、萧何设计诱骗韩至未央宫斩杀之。报告刘邦后，刘邦叹道："喜之怜之"。

这样在刘邦眼里就出现两个韩信，一个韩信是军事天才，出陈仓、定三秦、灭赵魏、降燕京、斩龙且、扫齐地。以少击多，出奇制胜。

另一个韩信是在灭魏、灭赵、灭齐的过程中，在四个关节点上出了问题。

第一，灭赵后拥兵20万没有及时援刘。

第二，不请示、不汇报、不协调而发动灭齐战争。

第三，灭齐后不顾灭项大局再次不援刘，并还要封王。

第四，拥兵自重，不听调动参加垓下决战。

刘邦在这里看的是不援助、不请示、不听命的韩信，是极自私、极自傲、极自负的家伙。是随时可与自己分天下、争天下、夺天下的角色。岂不防之、削之、禁之、灭之。

灭项汉统以后，韩信继续犯错，在任楚王期间窝藏钦犯钟离昧。降为淮阳侯以后，继续对抗朝廷，勾结陈豨谋反终遭天杀。刘邦怜悯是韩信的军事天才、卓越战功。喜是吕后和萧何终于除掉汉朝的心腹大患。

韩信是怎样看刘邦的呢？有几个误区。

第一，自以为刘邦对他好，过去好、现在好、将来还会好。世界上一切事物都会随着时间空间的变化而变化。蒯通举了张耳和陈馀的反目为仇的现实例子。又举了勾践诛杀文仲的历史例子，告诫韩信，韩不听。

第二，自以为立了大功，刘邦就会封王裂土，永保平安。事与愿违，功高震主，居臣子之位，挟不赏之功，震君王之威。刘邦取得灭项全局胜利后，第一个就夺你的权，捉你的人，削你的王，禁你的身，杀你的头。

刘邦是怎样处理突发生死危机

刘邦一生经历四次重大生死危机。

第一次,当时刘邦是亭长,发生在押送刑徒去骊山服苦役的路上,刑徒西行仅百里,就跑得差不多了。按秦律,刘邦去骊山是死,不去也是死。

第二次,刘邦还军霸上,由于曹无伤告密,项羽大怒,决计明日全歼刘邦集团。刘邦命悬一线。

第三次,刘邦陶醉彭城大捷胜利之中,好梦还没有做醒,就被项羽的三万精兵打得落花流水。刘邦靠着老天风沙帮助,仓皇逃出。

第四次,被困荥阳,粮尽弹绝,兵困马乏。只好让纪信扮成汉王,东门假降,自己从西门溜之大吉。

刘邦在处理这四次重大突发生死事件中,下列三条值得我们关注。

一条,临危不惧,逃字当头。

第一次逃得从容,刘邦当众演讲一番,然后宣布释放全部刑徒,自己从容率领十来个青壮小伙子,逃亡芒砀山去了。

第二次逃得及时，在鸿门宴上，刘邦乘樊哙和项羽理论之际，假借解手，及时开溜，回到霸上。

第三次逃得仓皇，为了保命，不顾一切，儿女都不要，仓皇出逃。

第四次逃得凄凉，为了逃命，牺牲纪信大将及二千名将士、民妇的生命。

二条，危急关头，演说一流。

在鸿门宴上一番陈辞，说得项羽心花怒放，自尊心、虚荣心得到了极大的满足，杀不杀刘邦早已抛在一边。

从彭城出逃后，碰到项羽大将丁固拦截，刘邦一边交战，一边陈情："丁将军，你我都是英雄好汉，为什么要互相厮杀，争个你死我活？"丁固居然动了恻隐之心释放了刘邦。

荥阳受困，刘邦在陈平建议下说服纪信为他卖命。

别看刘邦是个大老粗，嘴甜、嘴溜、嘴密。是当时的名嘴喔？

三条，依靠部下，注重细节。

刘邦这几次逃命，都是依靠他的铁哥们，张良、樊哙、夏侯婴、陈平、纪信。刘邦在鸿门宴开溜之际，叮嘱张良，我大约半个时辰回到霸上，到那时你再回禀项王。可见刘邦处理问题注重细节。

无论是大人物还是小人物，一生都会遇到一些突发事件，你会怎样面对它，处理它，度过它。

项羽在分封问题上的五大失误

项羽和联军共同打下了天下。项羽选择了成就霸业之路，分封了十八诸侯王。但在分封问题上犯下了一系列错误，最主要有五大失误。

其一，自封失误。

当时有位小人物对项羽说："关中四面山势合抱，四塞进出，易守难攻，傲视天下，土地肥饶，可建都称霸。"项羽虚荣心大发，要衣锦还乡。不但没有同意小人物的意见，还把他给烹了。因小人物说了句"沐猴而冠"的话，容人之量可见一斑。

定都彭城，项羽无势可乘，无险可守。项羽集团完全处于敌对势力围合之中。历史如此惊人的轮回，五年之后，刘邦一统天下，也面临定都问题，刘能虚心纳谏，采纳了小人物娄敬的意见，定都长安，打下了刘氏江山的百年基础。

其二，毁约封刘。

项羽、刘邦曾在楚怀王面前有约，谁先入秦，谁为秦王。刘邦捷足先登，理应封为关中王，项羽正式分封刘邦之前，派人征求怀王意见，怀王回答是如约。

项羽碰了个大钉子，但他还是顶着巨大的道德风险，毁约封刘为巴蜀王。后经张良、项伯活动，封刘为汉中王。

其三，错封三秦。

项羽把三秦一分为三，分别封给秦降将章邯、董翳、司马欣。此三人在八百里秦川群众基础太差，自己站不住脚，也无法挡住刘邦的进攻。

其四，虚封韩成。

项羽因张良追随刘邦缘故，封韩成空头王号。不肯放韩成回国，后杀韩王于彭城。

最后，没封田、彭。

齐国田荣，流寇彭越在反秦斗争中都立了功，项王有功不封，无功乱封。

田氏宗室首先内乱，彭越也趁机反叛。由于项羽在权力和利益的再分配这一重大问题上没有慎之又慎的处理好，故造成了一系列严重后果。

首先，田荣反叛，项羽调集大军应对北方战场。刘邦趁机迅速平定三秦，直捣项羽老巢彭城。

张良千里归汉。明朝李贽在评论项羽杀韩王和张良归汉时说道："为汉驱一好军师，好懵懂。"

而彭越一直在项羽后方搞游击战，断其粮道。

综上所述，由于项羽在推翻秦政权后，没有采取中央集权制和处理好各派利益集体利益再分配问题，项羽在楚汉相争的战略大格局中一直处在疲于奔命、顾东失西的态势，直至最后走向灭亡。

谈谈李广一生未能封侯的自身原因

封建汉代封侯，有其客观标准。最主要标准是你能斩获敌人多少首级，当你斩首到一定数量，并能保持自己部队未受重大损失时，那么你封侯的日子就为期不远了。

那么按此标准纵观李广一生，到底什么原因，李广一生未能封侯。

文帝时期，李广当文帝的贴身侍卫，得到文帝的赞许。

景帝时期，李广有一次极好的封侯机会。其在平叛吴楚七国叛乱时，立了大功，但李广讨封心切，竟私下接受景帝的弟弟梁王的封将军印，最后没得到朝廷的正式封侯。

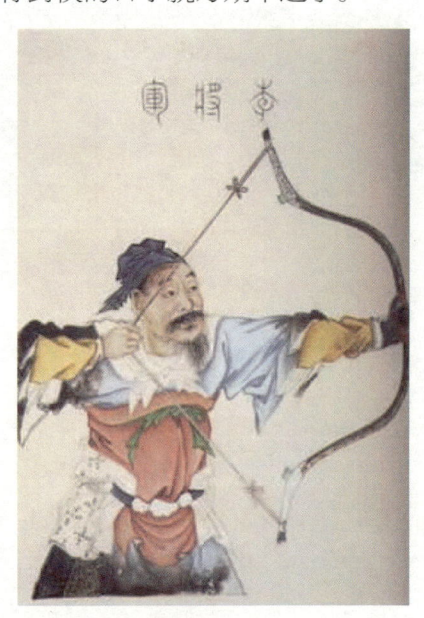

李广将军

李广这次过失，集中暴露了其政治上的幼稚。

第一，景帝初期，朝中存在二元中心，一个以景帝为中心，一个以梁王并得到窦太后支持的中心，李广长期在内宫任职，应该了解他们之间的尖锐矛盾，在把握和处理两者关系时应极为慎重。袁盎大臣就在处理皇上和梁王的关系上，得罪了梁王，梁王派刺客杀了袁盎。

第二，平叛七国之乱时，周亚夫是李的顶头上司，皇帝是后台老板。李广不和亚夫及皇上搞好关系，而和梁王打得火热，是何道理。当时叛军围攻梁王，景帝、亚夫不发援兵，有意借叛军之手削弱梁王。

李广政治上不行，军事上怎么样呢！

李广一生对匈奴作战七十余次，《史记》所记只有六次，其中重彩浓墨的有景帝时期的上郡追击战，武帝时期的雁门关战役，右北关战役，元狩战役，一笔带过的有马邑战役，定襄战役。

上郡追击战，李广带一百战骑追杀三个匈奴射雕手是对的，但明显存在左倾冒险的问题。

在决定追击前，没有作出在追击过程中万一出现匈奴大股部队该怎么办的预案，没有布置后方接应。李广轻率出战，冒险追击，果然遭遇匈奴千人战骑，侥幸李广沉着应战，应用心理战术，躲过此劫。

李广在领衔打雁门关和右北关战役时，都是其独立指挥，但均打的是遭遇战。每次敌强我弱，第一次被俘，第二次全军覆灭。程不识将军曾批评过李广的战略战术。

马邑、定襄战役李广分别受制于韩安国和卫青将军，前因诱单于入围未成，后因为部队的后卫，均未立功受封。

元狩四年的战役，李广本不要求参战。内因是自己年老身弱，外因武帝已没有允许李广出战。李广求战心切，武帝勉强答应，但秘旨卫青，李广命运不好，遇事不吉，不能让他正面部队作战单于，加上卫青想让自己的亲信公孙敖立功，调李广为右路军，最后迷路失约，获罪自刎。

通过以上分析，可以清晰地看出李广打仗，重战术，轻战略；重硬拼，轻智取；重个人，轻协同；重进取，轻身退；重声誉，轻生命，还好李广身前廉洁奉公，爱兵如子，给自己留下了好名声。

从李白入狱看亲情友情

最近，在央视《百家讲坛》，看了北京师范大学文学院康震副教授讲述的"诗仙李白"。特别当看到李白从军、入狱之谜这两集时，感触良多，不吐不快。

永王李璘是唐玄宗第十六个儿子，因母早逝，太子李亨从小把他抚养长大，李亨还经常搂着弟弟睡觉，长兄如父，亲情浓浓。

李白是高适的好朋友、李白在长安被玄宗赐金放还后，结伴高适、杜甫畅游洛阳、开封等地，"醉眠秋共被，携手日同行"，好似兄弟，友情浓浓。

李白

"安史之乱"暴发之后，唐朝统治阶级上层发生了一系列的变故。

首先，唐明皇逃亡成都之途，发生了马嵬兵变，杨氏兄妹命丧黄泉。

接着，太子李亨经长期准备，在灵武发动政变，自立皇位，老子还是比较明智，交出传国玉玺，父子关系实现了软着陆。

此时，永王已奉玄宗所颁"分制置诏"，在长江流域经营军政事务，并逐步形成一支庞大军事力量。

面对永王的威胁，李亨当即下诏永王交出兵权，回川奉父。照理哥俩情浓义深，永王理应听从哥哥，就此罢手。但永王错误估计了形势，迷恋权势而不能自拔。最后兄弟反目，喋血战场。李亨毫不念及手足之情，斩杀永王于湖南境内。

李白在对统治阶级上层争斗毫不知情的状态下，参加了永王集团。正当他意气奋发，立志要为帝国有所建树之际，转眼成了二王之争的牺牲品，不但锒铛入狱而且流放夜郎。

一开始，李白对于加入永王集团还是非常慎重的。但李白从政心切，抱负远大，在永王第三次邀请他时，贸然从军，一失足成千古恨。

投靠哪个集团安生立命，以图发展。这是人生首要处理的重大问题，李白一生这次致命的败笔，值得发人深省。

此时的御使大夫高适是合歼永王的总指挥，他完全可以伸出朋友的援手拉李白一把，但面对"谋逆"李白，高适毫不念及朋友之情，作壁观望。

李白玩不了政治，政治又偏偏来找李白。正当李白踏上了流放的不归之路，唐肃宗下达大赦令。李白大悲大喜，留下千古绝唱：

朝发白帝彩云间，
千里江陵一日还。
两岸猿声啼不住，
轻舟已过万重山。

亲情、友情本是一杯糖水，但加上"利益"之类的咖啡，一准变得又苦又涩。朋友，要当心喔。

兵团战友朱倍华点评：

亲情友情有时间价值，有保鲜期。在身家性命和巨大利益面前，情苍白于命。

还有，古代士子可以诗词歌赋琴棋书画交友，但是遇重大关键事件，奉行的还是"道不同，不相为谋"。

王维一首救命诗

肃宗至德元年（756年）八月间，占据了长安帝王宫殿的安禄山，在风景优美的凝碧池上大摆宴席，用以招待那些陷于贼巢的官吏，希图表明自己的"英明领导"。此时，乐工们齐奏太平盛世时的音乐，以望得到安的赏识，但也有许多乐工当即便大哭起来。而踞坐一旁的安手里拿着明晃晃的尖刀，在虎视眈眈地注视着百官们的一举一动。

乐工雷海青看到这不堪入目的污秽一幕时，遂不胜悲愤地把手中乐器往地上一扔，然后向玄宗奔逃着的西南方下拜，并大哭起来。安见制止不了，就命人把雷拉下去，雷当即怒不可遏地大骂安禄山，而且还举起那乐

王维

器向安砸来；整个场面顿时就嘈乱不堪了。当时雷就遭到安禄山尸解。现在闽南文化人均供奉雷海青为乐工祖师。

王维那位极为要好的朋友裴迪来告诉这一令人感慨不已的事情经过时，身在普救寺里的他便情不自禁地流淌着热泪，并当即写下一首七言绝句道：

> 万户伤心生野烟，百官何日再朝天？
> 秋槐叶落空宫里，凝碧池头奏管弦。

不难看出，王维尽管也曾接受过伪官，但他心里却分明忠忱地爱戴着大唐王朝的，所以这诗中才会有希望官军早日来解救百姓于水火的心愿。只是由于他生性比较温和，当时又慑于安的淫威，不敢明确表示反对罢了，但对一个文人来说，这确实已属难能可贵了。

就是这首诗成了王维的护身符，救命诗。

终于等到"安史之乱"被平定，肃宗对那些失节的大臣一一都作出了处罚。而对王维：

1. 知道王维在安禄山统治时期，依然能以诗作表示他这作为臣子的耿耿忠心，可谓大节不亏，心中便已有几分怜悯着他了。

2. 此时，业已担任宰相之职的弟弟王缙又上书说，愿意以自己的官衔来抵消长兄王维的罪过；因此，肃宗不计前嫌，就使王维继续任职了。

知道这个令他既振奋又感激的消息后，王维便又像上次一样写了一首标题极长的诗作。不过，这回他所写的却是一首口气极度夸张的七言律诗，道是：

忽蒙汉诏还冠冕，始觉殷王解网罗。
日比皇明犹自暗，天齐圣寿未云多。
花迎喜气皆知笑，鸟识欢心亦解歌。
闻道百城新佩印，还来双阙共鸣珂。

在历史转折关头，文人士大夫都会面临站队的问题，（当然每个人都会面临）处理得如何，可关乎自身命运。处理得好坏完全凭借自身气节、智慧，在对安禄山反叛问题上，颜正卿就是坚决抵抗，不惜牺牲自己生命战斗到底。雷海青视死如归，爱国忠君，直抗叛贼。王维走的是中间路线，身在安营心向唐，巧妙和反贼周旋，既保存自己又留下发展余地。

御 前 应 对

御前就是在皇帝面前，应对就是皇帝和你对话。

中国知识分子要达到能和皇帝对话的水平，那可不容易。正规渠道，要通过科举一级一级考上去，最后达到殿试。非正规渠道，通过朋友、高官等关系走后门，把你推荐到皇帝面前。如果你御前发挥得好，可能一步登天。如你应对不好，那你就回家卖红薯吧，弄不好还有杀头的危险。

唐人孟浩然御前发挥就很失败。王维把孟浩然带进宫城内署，一则为观赏宫内

孟浩然

景色，二则碰碰运气，能否见到唐玄宗。嗨！唐玄宗还真来了，当王维奏明情况后，孟从床底下爬出见皇帝。

当玄宗令其吟诗时，孟居然冒出一句："不才明主弃，

多病故人疏"。玄宗还算大度，没有大怒，只是责怪地说：你自己不求官，我皇帝老子也没有挡着你来为国效力，为何你还要诬蔑我对你弃而不用呢！自谦不才，颂帝明主，结果马屁没有拍准，只好打道回府。

一代大诗人、大学问家在御前应对如此失态，如此不当。

原因有三：其一，长期怀才不遇，自己才高八斗，学富满车，却没有人欣赏、重用他。见了皇帝，真性流露，倒苦水，诉衷肠，搞错了对象。

其二，孟浩然人生选择上，老是在归隐或御用二者之间打转转，心神不定。

其三，刚从床底爬出，也未来得及和王维商量，应急发挥，岂不出错。

清朝曾国藩却在老师帮助下，成功应对咸丰皇帝。咸丰一直想考考曾国藩过目不忘的本领，有一次令其在太庙待诏，等了一天，皇帝反而下旨让曾国藩回家。曾国藩多了一个心眼，把上述情况向老师作了汇报，老师马上推测到，明日殿上，皇帝要考你，太庙里历代先皇的遗训。曾国藩当即下跪求救。老师用钱买通太庙太监，拿出了历代先皇的遗训复印件，让曾国藩连夜背诵。

第二天，曾国藩御前应对，结果爆了个满堂彩，官升巡抚。

官场、商场、情场都免不了应对，学学应对，有益无害。

曹雪芹家族衰败的阶段及深因

潜衰阶段，是曹寅执掌江宁织造时期，曹氏家族为了接驾康熙皇帝四次下江南住在曹府，大兴土木，扩建重修大观园。招待费花得像淌海水一样。造成了曹府巨额亏损，一时难以弥补。

植物园曹雪芹纪念馆

显衰阶段，到了康熙晚年，曹頫执掌第四任江宁织造时，曹家的资金链出现了断裂，就连内务府委托他们出售珐琅，瓷器，人参而得的金钱都敢挪作他用。内务府给康熙打小报告，查李煦，曹頫取去售卖之人参，已将两年，曾将多次催问，李煦竟无交付，曹府仍有九千二佰馀两未交。严加议处。康熙批示，依议，钦此！

突衰阶段，雍正初年，曹家发生了一件突发事件。曹家送龙衣的车队途经山东驿站时，过多索要了驿站的钱粮，遭山东巡抚的参奏。雍正对曹家新老旧账一起算，当即枷号曹頫，革职抄家，北迁南城算市口十七间半老屋。曹家一下跌到谷底，大厦顷刻倒塌。

彻衰阶段，到了曹雪芹一代，因曹家无经营性人才，连老屋都没有守住，流入北京远郊香山黄叶村，风烛残年，了此一生。

为什么曹氏家族由盛转衰，除了历史、制度等诸方面原因，一个很重要的原因，就是没有把工作重心转移到守业经营上来。曹家是靠军功发家的，到了曹玺这代事业达到顶峰，但是曹族忽略了对经营人才的培养，忽略了守业治家，从而导致了家族经济出现了巨亏。

康熙帝还给了他们一个绝好的翻身机会，任命曹寅、李煦（据说此人为林黛玉爸的原型）为江南巡盐使，让他们能搞些银子把巨亏补上。由于曹寅是腐儒一个，不会经营，错过了这次历史机遇。

评点中国历史上 10 大经典遗言

1. 周瑜：既生瑜，何生亮。

（世东点评：寻找失败外因的叹息）

2. 项羽：时不利兮骓不逝，虞姬虞姬奈若何？

（世东点评：到死都不明白自己怎么死的。）

3. 谭嗣同：有心杀贼，无力回天。（世东点评：刑场上的慷慨悲歌。）

4. 陆游：王师北定中原日，家祭勿忘告乃翁。

（世东点评：临死前的梦语。）

5. 孙中山：革命尚未成功，同志仍需努力。

（世东点评：国父的呐喊。）

6. 文天祥：人生自古谁无死，留取丹心照汗青。（世东点评：先贤的高风亮节）

7. 屈原：举世皆浊我独清，众人皆醉我独醒。

（世东点评：体制内囚犯的独鸣。）

8. 阮玲玉：不死不足以明我冤。

（世东点评：傻死的别叫。）

9. 夏明翰：杀了我一个，还有后来人。

（世东点评：烈士的国魂。）

10. 王成：为了祖国，向我开炮。（世东点评：英雄的一声吼。）

感悟篇

赴加拿大追记

2003 年 12 月 10 日

经过十一个小时飞行，终于从北京飞抵温哥华。出关转机到了候机大楼，一辆辆电动助行车在候机大厅来回穿梭，它一会载着老人送到指定等候区，一会载着残疾人帮扶他们登上了飞机，助行车上有位驾驶员，一位服务员，车上还有闪烁的指示灯，来来往往，构筑一道独特的风景线。

同加拿大东方公司王总、时任温家宝总理办公室主任邱小雄于加中贸易理事会成立 25 周年午餐会合影

助行车除其实际服务功能外，更体现人际的一种关爱，一种和谐，一种亲切。我们发展中的国家需要这种氛围，这种措施。

2003 年 12 月 11 日

我们一行五人是 10 日晚十一点半抵达渥太华机场。王总派车接我们到酒店住下。11 日上午十一点半我们一行五人去威斯汀大饭店四层联邦大厅参加加中贸易理事会欢迎温家宝总理的午餐会，十二点半左右，当加中贸易理事会总裁贝祥宣布请温家宝发表演讲时，全场掌声。温讲了访美情况，中加友谊及贸易情况。最后谈到，做人要做一个真切、真挚、真情、真正的人。演讲结束时，全场起立，响起长期掌声。随后会场上还展示了总理题词：中加友谊万古长青。宴请时，我拜会了总理办公室丘主任，并签名合影留念。

2003 年 12 月 12 日

早晨在下榻的饭店向外眺望，马路上奔流不息的车辆，公交车外观是红白相间，大概是象征加拿大的枫叶和雪山，车距很长，能载很多乘客，公交车很多，但乘坐的人不多。私家车的车况都很好，基本上都是中高档车。出租车都是大排量车，可能和丘陵地带有关，看不到自行车。

2003 年 12 月 13 日

上午八点半我们一行租了一辆加长凯迪拉克轿车前往蒙特利尔，随即参观大型奶牛场、大教堂等。

2003 年 12 月 14 日—16 日

在多伦多参观加拿大第一大牛场、电视塔，特别是 16 日参观尼加拉瓜大瀑布，气势雄伟，碧波连天，通往美国的大桥，伟站于岸边的宾馆，自然与人文如此和谐的融合在一起，真是难得一见的大场景。

2003 年 12 月 17 日—21 日

返回温哥华后，苏市长、王市长、任秘书长于 18 日离加赴美。我就自由活动，在市中心森林公园散步真是人生一大爽事，是纯氧给你洗身、洗心。21 日胜利完美地返回北京。

随笔春秋 Sui Bi Chun Qiu

唤鲨、捕鲨、放鲨

中央电视台纪录片频道播放的《人类星球1》纪录片中完整描绘了巴布亚新几内亚人布莱斯唤鲨、捕鲨、放鲨的全过程,场景极其精彩,画面如些绚丽,过程发人深省。

布莱斯人称海洋巫师,只身驾驰一叶小舟驰向深海。你看他那浑然一体的古铜色的肌肤、茂密如丛的黑发、一双深邃远眺的目光,特别是他前胸后背留下的几条疤痕(估计是鲨鱼的咬痕),更显饱经风霜,胯下的红色围裆,他就像广阔的大海一座移动的红色暗礁,那么神秘、刚毅、坚不可摧。

海中鲨鱼

他唤鲨的第一道程序是:把一只手放在胸口,然后向鲨鱼灵魂唱歌,意思是请允许我捕捉你。

第二道程序是:在水中反复摇动能发出喀啦喀啦声响的唤鲨器,这种声音一方面模仿喂鱼时发出的声音,一方面3000米之外的鲨鱼就会察觉这种声音。

终于一条灰礁鲨向他游来,布莱斯进入了捕鲨阶段。一方面他手拿肉制诱饵反复引诱鲨鱼靠近他的船舷,另一方面手挚木制鱼漂的套圈,要准确无误地套住鲨鱼的头部,这次布莱斯成功了。当布莱斯无法掌握翻腾扑打的鲨鱼时,他放了木制鱼漂,但鱼漂利用浮力死死套住鲨鱼,直至它停止了挣扎,处于紧张制动的僵直状态。

当布莱斯把套住的鲨鱼拉到船舷时,意想不到事情发生了,布莱斯解开了套索,放出灰礁回归大海。而此时他却拿起海螺,吹响了喜悦的凯歌。

这就是唤鲨、捕鲨、放鲨的慢回放,唤鲨考验的是耐心、等待,心灵的放松。捕鲨考验的是连贯、精准,心灵的聚合。放鲨考验的是舍得、慈怀,心灵的释然。

而这些词意,不是我们做人做事要谨记的吗?

韶关南华寺大雄宝殿的看点

第一，正中树立三座高大释迦牟尼巨像，这是我所看过的释迦牟尼像最大的。非常有气魄。

摄于法华寺天王宝殿

第二，六祖慧能、主持憨能、丹田真身供奉在玻璃罩内，六祖弘扬佛法，传播禅宗的种种善举好像历历在目。

第三，慈悲观音大佛于众下同耸在大殿后身。她手持的净瓶下，意味着将净水洒向人间，去除灾难，造福人类。她脚踩鳌鱼，意味独占鳌头之意。

第四，北宋雕塑的五佰木罗汉经重新彩绘显得格外神采奕奕，光彩夺目。

　　第五，我在大雄宝殿时，正好遇上一次庄严肃然的法会，一家六口，好像是父亲、母亲带着四个孩子诚懦跪拜在佛祖前面，主持和尚非常年轻，个子瘦高，架着一双黑色的眼镜，洪亮的颂经声传遍大殿每个角落，顺着主持诵经的节奏和内容，安立两侧众僧不断的击鱼木和颂经文，彰显佛经宏大，普世。虽然不懂，但心灵也受到撞击。

久违了——登高

2013年8月1日8点游访番禺莲花山,看到有着上百年代的莲花塔,顿生爱意,留影观塔,十分爽朗。

到了塔基跟前,看了此塔简介,一方面为塔的悠久历史感叹!一方面为澳门何家出重金修此塔而敬重。

正想离开塔基时,司机小钱说,还能购票登塔,我望着高达五十多米的莲花塔,顿生畏意,登还是不登。登高望远、登高揽胜、高瞻远瞩。想起这些激励的词句,想自己年事已高,人生还有几回登高,下定决心登。

莲花塔简介

刚进塔门，塔内壁上挂着一幅孔子像，旁题，智者不惑，仁者不忧，勇者不惧。看完后顿生精进。

开始50米的登高，楼梯非常狭小，上下只能一人行进，顶高1米7左右，还好楼梯贴墙上有不锈钢管做的扶手，我扶管而上，不知拐了几个弯，中途休息了几回，终于登上了塔顶，向下一望，真是一览众物小，地远江河长。

几个登顶中学生还夸我老当益壮，心里美极了。

等我下塔落地时，两腿好像得了无力症，只能慢慢行进，参观莲花塔后，赶紧到餐厅吃饭休息，调整一下身体。

登塔走城后，我和小钱即去拜莲花观音，买三支大高香，焚香祈求。

第一，所有

摄于莲花塔前

亲人平安得福。

第二，所有友人今年发达快乐。

第三，特为我们团队焚香一炷，身体健康，事业大成。

完成心愿后，沿着观音大佛的中轴线拾阶而下，然后坐上电瓶车，参观整个莲花山采石场。

母亲颂——世界上最美两条曲线

2013 年 12 月 19 日

2013 年 12 月 17 日深夜在蔡兄叙群的介绍下,有幸结识广东观峰山人李闻海先生,并拜阅他的经典作品(《半山梦影》),其中一幅(《妈妈把青春留给我们,把岁月留给了自己》)作品阅后触动心绪,润泽眼眶,胸中语垒,一吐为快。

李文海作品

故于 18 日凌晨原创母亲颂。副标题——世界上最美两条曲线。

1. 你可曾知,妈妈微现孕线时,你爸爸典型动作就是把妈妈抱起来,原地旋转 360 度,然后贴近妈妈的曲线,倾听你这小生命的诞生。

2. 你可曾知，妈妈稍现孕线时，你已经在里面躁动，拳打脚踢的，寻找生命的空间。爸爸还能在曲线外触摸到你的小手小脚。

3. 你可曾知，妈妈呈现孕线时，你已经按捺不住自己性情，要跳到外面的精彩世界。妈妈开始妊娠反应，好辛苦，连苦胆胆水都要吐了出来，不能吃饭，靠打点滴维持生命要素。

4. 你可曾知，妈妈满现孕线时，妈妈的双脚双腿已肿得像馒头一样，步履踌躇，还要坚持学习工作。

5. 你可曾知，妈妈孕线消失那一刻，那是世界上最兴奋，最高兴的痛彻周身，一个生命诞生了，一个传承沿续了，一个过程开始了。

6. 你可曾知，妈妈的背略弯时，妈妈已经步入中年，白天紧张工作，下班还要操劳家务，夜深人静还得在灯光下自修充电。

7. 你可曾知，妈妈的背微弯时，妈妈经过工作磨练，人际练达，和你爸爸一起撑一个温馨的小家，使你有一个成长出发的地方。

8. 你可曾知，妈妈的背成弯时，爸爸、妈妈已经领着你风雨兼程走过了小学、中学、大学，已经把你送上自己奋斗的征程。

9. 你可曾知，妈妈的背弯弓满月时，妈妈还在上顾老下照小，春蚕到死丝方尽，蜡烛燃竭泪方干，伟大的妈妈就是这样轮回。

10. 啊！这是世界最最美丽、最最无私、最最可爱、最最伟大、最最平实两条曲线。叩谢我的母亲，叩谢世上一切伟大、无私的母爱，谢谢观峰山人的人文杰作，谢谢，为您的母亲转起来，功德无量。

给女儿的一封信

亲爱的女儿：您好！

爸爸从来没有以写长信的方式和你交流，记得在你小时候，爸爸出差之前，总是写些小留言给你，爸爸的用心良苦，想必你还记忆犹新吧。

这次爸爸为什么要给你写长信呢？因为你的事业处于初创期，恋爱处于寻找期，生活处于常态期。在这关键时刻和你一起回顾、总结、探讨工作生活是一件很重要的事。

你的工作发展还是很不错的，学校毕业后，没有让爸

1980年抱着女儿在动物园留影

爸妈妈操心，自己独立走上了工作岗位。总体干得不错，长了见识，学了本领，积累了经验。自己要继续努力，争取把房产经纪人的证书拿下。通过磨练逐步成熟起来，在房地产上、中、下领域有所作为，自己创业。爸妈一如既往支持你，相信你会达到光辉的顶点。

给女儿的一封信

你的恋爱史不太顺利，总是磕磕碰碰，不要紧啰，年轻基本都有这种经历，关键自己要总结经验教训，重新开始，重新定位。有几种倾向是不可取的，一种，是把自己封闭起来，认为男人都不是好人，采取不接触方针，凡有人群的地方，就思想来说有左中右，就才能来说有高中下，就品质来说有优良劣，人是一种多重多脸的动物。另一种倾向，是降低择偶标准，随意性找一个算了。最后一种倾向是等待以后再说。这都不是正确的态度。正确态度是：

第一，树立正确的择偶标准，五官端正，大学文化，中产出身，稍有闪光，品才气华。

第二，广泛交友，工作交友，学习交友，出差交友，介绍交友。有心栽花花不活，无心插柳柳成荫。

第三，要有自信心，有爸妈，亲友团支持你，姻缘之花一定会盛开，爸妈始终支持，关心着你。

生活常态化，容易犯懒，老爸也是这样。要锻炼身体，要采用各种办法排内火，阴阳和谐，作息有律。看完爸爸此信，希望你做一个锻炼计划，开启你的绿色健康航程。

爸爸又要去上海了，活动上海，展业上海，成功上海，大概是爸爸这个阶段的中心任务，祝老爸好运。

陈世东写于 2007 年夏

喷泉池儿童游玩天堂

在上海铜仁路香格里拉饭店的左侧,有一个很简单长方形喷水池,长有60个喷水口,共四排,一共有240个喷水口。宽有36个喷水口,共四排,共有144个喷水口。以长度变化的形态和以间歇变化形态喷水。

就是这样一个小小的、公共的喷泉池,节日期间却引来众多中外小朋友乐此不疲

上海香格里拉酒店前儿童喷泉池

地在里面游玩,大点的孩子纵情跳跃,穿梭在水柱之间,有的孩子被水柱喷得浑身湿漉漉,有的孩子却能穿插行走水柱之间,身上一点都没有喷湿。

小一点孩子则在父母亲们呵护下，用小手触摸着水柱，带来却是大人孩子共乐微笑。

水柱不断变化着喷射的形态，孩子们尽情地在里面玩耍，围观大人无不为此高兴和欢迎。

我们要感谢修建、维护的单位和人员，你们做了一件天大的好事，给人们带来快乐，给社会带来和谐，给我们今后怎样修建公共服务产品带来可贵的启示。

点赞章宝琛女士

昨天我在订阅号上转发了《她居然被称呼为世界上最完美的妻子》的一文,自己读着读着不禁潸然泪下,哽咽许久。

很多朋友也纷纷点赞互动和发表感慨!

她就是当代著名书画家、教育家、古典文献学家、鉴定家、红学家、诗人、国学大师启功先生的夫人章宝琛女士。

第一,作为媳妇她仁孝,启功先生母亲和姑姑都年迈多病,她日夜侍奉不离左右,病中老人心情不好,时常朝她发脾气,她却从来没有一句怨言。

一个人伺候两位老人,实在不易啊!

第二,作为人妻她慈爱,在困苦的生活中,她拿出珍藏多年的首饰出去换钱,给启功做好吃的东西。特别在她病重之时,对启功千叮咛万嘱咐,我死后,你一定要再找一个人来照顾你。忘我利他精神跃然纸上。

第三,作为管家她勤俭,北京沦陷后生活拮据,她在细心缝补一只满是破洞的袜子。

第四，作为战友她智勇，启功先生拉不下脸来上街叫卖。她说，你只管画我去。她还"胆大包天"在文革岁月里把启功藏书、字画、文稿收藏起来，没有遭受一点损失。

就是她这位娇小的女子，用中华民族孝、慈、俭、勇、敬等优秀的道德精神撑起启功幸福的家，撑起启功事业一片天，和贤人达士一起撑起中华民族精神的华丽罗帐。

她很平常，很平凡，可谓凡尘浊土，但是她浑身浸透优秀文化的基因，散发出透人心肺的伟大人格，所作所为震撼大家的心扉。

点赞章宝琛女士，怀念启功夫妇。

延伸阅读：
她居然被称呼为世界上最完美的妻子？

这是一场并不浪漫的包办婚姻。启功本以为，为了不违母命而娶章宝琛，是人生的不完美，不料，她竟成了他难得的知己，并在最艰辛的岁月里，给了他无尽的幸福。

启功是雍正皇帝的九世孙。他一周岁时，父亲不幸去世，母亲和姑姑艰难地拉扯他长大。20岁时，母亲为他提了一门亲事，对方是一个名叫章宝琛的姑娘，比他大两岁。此时的启功正全身心地扑在事业上，并没有成家的念头。但望着母亲被生活打磨得粗糙的双手，他点了头。

当年3月，母亲将章宝琛请来帮忙准备祭祖的用品。

那一天下着绵绵细雨,等在胡同口的启功看到一个娇小的女子撑着一把花伞娉婷走来,他的心一下子柔软起来。几个月后,她成了他的新娘。他称她为"姐姐",她淡淡地笑着,低下了头。

婚后,她操持家务,侍候婆婆,把一切打理得井井有条。他原本不平的心,慢慢地静了下来。

启功的家很小,朋友却极多,他们时常来家里聚会,彻夜不眠。她站在炕边端茶倒水,整晚不插一言。

他的母亲和姑姑都年迈多病,她日夜侍奉不离左右。病中的老人心情不好,时常朝她发脾气,她却从来没有一句怨言。

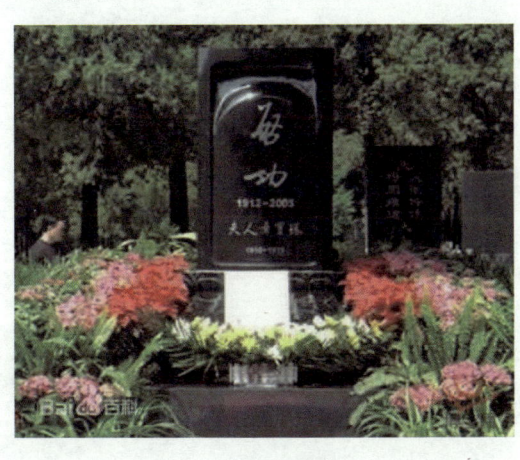

北京沦陷后,启功的日子日益拮据。有一天,他看见她在细心地缝补一只满是破洞的袜子,禁不住满心酸楚。他想卖画赚钱,却拉不下脸来上街叫卖。她说:"你只管画吧,我去。"那天傍晚天降大雪,他便去集市上接她。他远远地看见她坐在马扎上,全身是雪。看见他,她挥着双手兴奋地

启功先生墓

说:"只剩下两幅没卖掉了。"他的眼泪夺眶而出。

这样的日子整整过了20年。

在困苦的生活中,她拿出珍藏多年的首饰出去换钱,给他做好吃的东西;不论日子有多困窘,她每个月都会给他留下一些钱,供他买书;他被禁止公开写作,她就让他藏在家里写,自己坐在门口望风;她偷偷地将他的藏书、字画和文稿收起来,用纸包了一层又一层深埋起来。那些凝聚着他心血的收藏,最后一件也没有丢失,一点也没有损坏。

她总是遗憾自己没有孩子,而且一直执著地认为是自己的错,不止一次地叹息:"如果哪个女子能给你留下一男半女,也就了却了我的心愿。"她病重之时,对他千叮咛万嘱咐:"我死后,你一定要再找一个人来照顾你。"他说:"哪里还会有人再跟我?"她笑了:"我们可以打赌。我自信必赢!"

疾病将她的生命一丝一丝地偷走了。在最后时刻,她伤感地说:"我们结婚已经43年了,一直寄人篱下。若能在自己家里住上一天该有多好。"他的一位好友听说后,立即把房子让给他,第二天,他便开始打扫。傍晚,他打点好了一切赶到了她的病床前,她却已经永远地闭上了眼睛⋯⋯

两个月后,他终于有了自己的房子。他怕她找不到回家的路,便来到了她的坟前告诉她:"我们有自己的房子了,你跟我回家吧。"那一晚,他炒了几个她最喜欢的菜,一筷子、一筷子地夹到她的碗里,直到菜满得从碗里掉出来。那一刻,他趴在桌上失声痛哭……

为他做媒的人接踵而来,他一一谢绝。媒人笑言:"你的卧室里还摆着双人床,证明你还有续娶之意。"他听后,立刻将双人床换成了单人床。望着她凝固在相框里的笑容,他也笑了:"当初打的赌,是我赢了。"

3年后,给他平反了。对回归的头衔和待遇,他视若浮云,甚至卖掉了自己珍藏的字画,将所得的200万元人民币悉数捐给了北京师范大学,自己却住在一所简陋的房子里。他说:"我的老伴儿已经不在了。我们曾经有难同当,现在有福却不能同享,我的条件越好,心里就越难过。"言语之中,满是苍凉。

在章宝琛去世后的20多年里,启功一直沉浸在无尽的哀思中无法自拔。他无儿无女,无人可诉,只能将泪与思恋凝成文字,任心与笔尖一起颤抖:"结婚四十年,从来无吵闹。白头老夫妻,相爱如年少。相依四十年,半贫半多病。虽然两个人,只有一条命。我饭美且精,你衣缝又补。我剩钱买书,你甘心吃苦。今日你先死,此事坏亦好。免得我死时,把你急坏了。枯骨八宝山,孤魂小乘巷。你再待两年,咱们一处葬……"

2005年,93岁高龄的启功带着他对章宝琛的思恋溘然长逝。在这73年看似不协调的爱情里,他却得到了最坚定的支持和最令人满足的幸福。

蓝、白、黄三色交响曲

2013年9月27日下午3时至5时左右在托尼和小黄陪同下，游览了悉尼南部的马鲁巴海滩和北部的曼利海滩。

站在海边，首先扑面而来的是那一望无际，瓦蓝瓦蓝的蓝色波涛，蓝得那么透，那么沉。

当它逐排涌上海滩时，就像一个美丽的少女，在你面前翩翩起舞，婀娜多姿。

当它冲向岩石，激起浪花时，就像一个刚毅小伙子举起拳头，发出一定要成功的誓言。

当它退回大海

摄于悉尼马鲁巴海滩

的怀抱时,就像一个成熟的男人,知退而进,宁聚力量,再次发起冲锋。

那白色就是海浪冲激岩石掀起的白色浪花。

那么纯洁,那么洁白,没有一丝丝杂色。象征着美好爱情、友谊、情感。

让那纯洁的浪花来得更猛烈吧!荡涤心灵中的龌龊,大地的肮脏,洗刷世上一切不平等的事情。

摄于悉尼马鲁巴海滩

最后是那黄色的海礁,千载打练,百年洗磨,还是那么刚毅,挺拨。岩石的年轮告诉我们,经过历史大风大浪冲击而历经磨难的东西,一定是有质地,有生命力的东西。

蓝色的博大胸怀,白色的纯洁心灵,黄色的刚毅精神，当这三种东西交汇、集合、融入在一起，它就会生成一股伟大的力量，它一定会无往而不胜，一定达到光辉的顶点。

摄于悉尼马鲁巴海滩

鹰击长空，鱼翔浅底

体验乘坐公务机

2015年1月10日中午开完中缅友好协会第四次理事会后乘坐公务机从昆明返回广州。

乘坐公务机

当我们到达公务机舷梯边时，高原机场风特别大，机翼上厚厚的积冰刚除完，在乘务员陈小姐热情洋溢引导下，我们大家各就各位坐好，主人为了照顾我，特地让我坐在公务机前舱，昆明初雪之后，天气特别冷，主人还叮咛陈小姐给我冲了热水袋敷手。主人丝丝入扣的关怀让我由衷的感怀，在这里道一声衷心谢谢！

在塔台指挥下，飞机发动机轰鸣着，很快就滑向跑道，冲向天空，它就像雄鹰那么矫健、那么轻松、那么自豪冲向太空、冲向未来、冲向希望。

飞机很快平稳来到一万米高空。看到云卷云舒，蓝天金辉，不由心情敞亮。此时此刻机头正副驾驶员，导航员聚精会神操控飞行，陈小姐和小王为我们忙前忙后，周到的服务让我有宾至如归的感觉。飞行很稳定，没有剧烈颠簸的感觉。能坐12个人，后舱还有两张床。

不一会儿飞机开始下降，从驾驶舱向前眺望，广州白云机场跑道清晰可见，一排长长导航灯耀眼璀目，飞机就像鱼儿潜底一样稳稳降在跑道上。当我们挥手向机务人员道别时，天已经日落黄昏了。

用鹰击长空，鱼翔浅底来总结这次乘公务机体验是恰如其分的。

人生无处不相逢

应贾总之约，我于2014年10月1日上午9点半乘坐CA1519航班从北京飞往上海，当飞机起飞稳定下来以后，我枕上澳洲原装的薰衣草小熊美美的睡上一觉。

当我醒来之时，一个熟悉、伟岸、亲切的身影出现在我的眼帘，定神一看，原来是原国家政协副主席、中国工程院荣誉院长、中国国际经济交流中心顾问徐匡迪先生也乘坐这班航班，真是人生无处不相逢啊！愣了愣神，身不由己走到徐主席夫妇座位边，一边握手向主席问候，一边感谢主席支持我们推进绿色环保项目，寒暄一阵子后，回到了自己的位子。

想起徐主席2012年1月在国家工程院亲切接见我们的情景，想起徐主席支持我们在中美合作项目迪斯尼乐园上分布式能源的情况，我们都万分激动。正是如此好的开头，华电新能源乘势而发，经过多年艰苦卓绝的谈判和协调，分布式能源站终于在2015年花落迪斯尼公园。其重大现实意义和历史意义已是不言自明了。

1. 1月25日下午3点华能新能源、江苏双良集团资深顾问陈世东、双良刘竞（副总裁）、华电新能源计划投资部吴韶华（主任）正式拜访徐匡迪（原全国政协副主席）。

2. 9月20日中午11点陈世东协同华电新能源公司副总经理霍广钊、计划部副总理迟继锋拜会上海迪斯尼集团公司董事长范希平及相关领导王庆国、钟峻、俞招海等人。中午设宴招待。

当飞机稳稳降落在虹桥机场时，我目送着徐主席健步走出舱门，消失在人群之中……

今天是重阳节，在此衷心敬祝所有老领导、老朋友、老同仁重阳幸福快乐！

赞 基 辛 格

西雅图当地时间 2015 年 9 月 22 号晚，习近平主席出席美中贸易全国委员会举办的晚宴。美方出席人员包括基辛格、商务部长普利茨克及多位州长和市长等；比尔·盖茨夫妇、微软、波音、星巴克、IBM、福特、杜邦等公司 CEO。

基辛格不顾 90 多高龄出席晚宴并热情介绍习近平主席上台讲演，使我想起他老人家远涉重洋来京参加 2014 年 6 月 28 日第三届全球智库峰会。

当时举办方曾培炎首长建议老先生坐下来演讲，老先生说不要破了规定，坚持在峰会上站着演讲。

向基辛格敬酒

这就是峥峥风骨的精神，这就是活到老、学到老、干到老的境界。

真是要赞一个。

另基辛格博士曾获诺贝尔和平奖，他为结束越南战争作出重要贡献。

在欢迎宴会上我向基辛格敬酒，祝他幸福快乐。

张弓之道

老子认为天之道就像张弓之道。

骑马张弓,这是我们先人必须学会的硬功课。张弓射箭,中华先人早有一套独特的经验,但把张弓之道导入天地、社会之道,老子实为第一人矣!

张弓射箭,要射中目标,老子讲了两个要领。

第一,方向上要调控。弓箭对着目标高了,要抑之。弓箭对目标低了,要举之。

第二,力量上要把握。张弓力量有余要损之,张弓力量不足要补之。

天之道的目标和自然而然的功能:就是损有余而补不足。

犹如张弓射箭一样,天之道的目标就是,要减少多余来补给不足,自然形成一种大气的动态均匀。

何以为辅证呢?

1. 天地相合,以降甘露,民莫之令而自均。
2. 大自然中,绿色植物吸入二氧化碳,吐出氧气,滋润着地球。

3. 太阳自身进行聚核裂变，损耗自己热能，补充地球上的光明。

4. 大江大河以自己的水能冲击发电机组，用电能服务于人类。

5. 臭氧层挡住紫外线，自然和人类免于光辐射。这些大自然中损有余而补不足的例子胜不胜举。

老子在此笔锋一转讲道，天之道是损有余而补不足。人之道是损不足以奉有余。这样老子就把张弓之道导入了自然、社会之道。

而有些人类在改造自然、社会时，却反其道而行之，损不足以奉有余。

明明空气不好，他们还把二氧化碳等废气排入空中。

明明草原已经退化，他们还要过度放牧。

明明江河水质已经不好，他们不顾政府禁令，把污水排入江河。

明明有部分农民权益受损，他们还要加重农民负担。

损人利己的事我们不能做。损己有余而补别人不足的事，我们要加强个人修身成为圣人要发扬光大。

【旁通】

《黄帝内经·上古天真论》：上古有真人者，提挈天地，把握阴阳，呼吸精气，独立守神，肌肉若一，故能寿敝天地，无有终时，此其道生。

《周易·乾·文言》：夫大人者，与天地合其德，与日月合其明，与四时合其序，与鬼神合其吉凶。先天而天弗违，后天而奉天时。

《庄子外篇·胠箧》：故曰："鱼不可脱于渊，国之利器不可以示人。"彼圣人者，天下之利器也，非所以明天下也。

风雨之道

老子第二十三章道：希言自然。故飘风不终朝，骤雨不终日。

首先，点明了风雨发展的状态。

风为飘风，现在说来为台风。

雨为骤雨，现在说来为暴雨。

然后，告诉我们风雨发展有个量变到质变，再由质变到量变的过程和时段。

风不会终朝，雨不会终日。

过了朝，过了日，飘风骤雨就会起变化。

最后，告诉我们随着事物的发展，事物的性质会起变化。小风能变大风、台风。小雨能变大雨、暴雨。

事物在时空中发展，因其内因、外因的变化，它的状况、性质都会发生变化。变是永恒的，不变是相对的。自然如此，况于人乎？

我们要关注变化，分析变化，应对变化。

柔弱与刚强的辩证法

柔的对立面是刚,弱的对立面是强。

为什么柔克刚,弱胜强。吕不韦主持的《吕氏春秋》精辟概括了儒道墨三家学说要义,老子贵柔,孔子贵仁,墨子贵兼。

事物的柔弱性和刚强性是普遍存在的。

事物的柔弱性和刚强性是事物发展过程中不同阶段的表现。

事物的柔弱性和刚强性是同一事物的两个侧面,是对立统一的。

柔克刚,弱胜强是事物发展的必然规律。

至柔守弱是君子待人处事的第一原则。

点评死的别叫

高僧死了叫圆寂;

皇帝死了叫驾崩;

无烦无恼死了叫涅槃;

军人战死沙场叫马革裹尸;

亲人死了叫仙逝;

公职人员死了叫为国捐躯;

小孩意外死亡叫夭折;

屁民死了叫嗝屁;

得了急病死了叫暴毙;

美女过早死去叫红颜薄命;

罪大恶极的人死了叫死有余辜;

极不甘心死了叫死不瞑目;

贪官死了叫欧耶!

《史记》里说,人死或重于泰山,或轻于鸿毛。

(1) 马革裹尸、为国捐躯、壮烈牺牲等均为重于泰山,生的伟大，死的光荣。

（2）死有余辜、欧耶等死均为轻于鸿毛。

（3）介于泰山和鸿毛之间，有两种死法，一种为非正常，如嗝屁、暴毙、夭折、红颜薄命。

（4）境界最高的死亡是圆寂、涅槃、仙逝。

求得一个好死也要努力，修炼啊。

随笔春秋 Sui Bi Chun Qiu

古人用瓷枕作枕头睡觉，好受吗

我在微信求解：古人用瓷枕作枕头睡觉，好受吗？现在人们已经不用了。瓷枕是实用为主，还是观赏为主。

古代瓷枕

1. 北京服装学院李雪梅给我的答复：

这种瓷枕确实也是睡觉用的。我去马未都的观复博物馆参观时记得讲解说是古代人更多的是用它作警示的意义，就是睡觉时也保持警醒的状态。因为确实很硬，所以睡觉时因为难受就一定会辗转反侧，左右不停变化姿势。这是提醒人不要睡得太死，不要贪睡。不过后来也慢慢变成了工艺品。

2. 广州中山医院石大夫给我的答复：

我们老祖宗最聪明了，古人用瓷枕、玉枕等硬枕当然不是为了观赏。据医学研究，古代使用的玉、瓷枕夏天不仅能降低暑热，防止因此而引发的高血压及中风，还是防治颈椎病最好的枕。

延深阅读：

随笔春秋古人用什么枕头

人这一生有三分之一的时间是在枕头上度过的，枕头的大小、形状、软硬度都直接影响睡眠的质量。如果枕头不好，导致睡眠不好，那就很不幸。

唐代开始流行瓷枕

古人的枕头，材质非常多，有陶瓷的、玉器的、石头的，最有特色的应该是警枕———就是截一段木头做枕头，这应该是最方便的方式。

瓷枕也是非常有名气的。有材料显示，中国人睡瓷枕的历史是从隋代开始的，唐代开始流行，宋代就特别流行，当时瓷枕遍及大江南

古时人用的瓷枕

北。一般来说，我们见到的虎枕比较多，因为老虎是我们传统文化中的一个意象。

今天的大部分人对狮子并不陌生，但古人不是这样，汉代的时候，大月氏国进贡了狮子，中国人才第一次见到这种怪模怪样的东西。当时中国人认为所有长毛的动物，毛都应该长得均衡，而狮子的毛却长得不均衡，长在脖子周围和尾巴上，特别是公狮子，母狮子还好。于是狮子就给我们古人带来了一个非常强烈的视觉冲击。所以由汉及唐，中国人对狮子就形成了强烈的文化印象，因此宋以前的狮子都非常写实。

唐代以后，外国就不再向中国进贡狮子了，中国本土慢慢就见不到狮子了，但还要维持狮子的形象，于是狮子的形象就逐渐地改观，发生了变化，就变得就越来越像狗。唐代以后的工匠见不到狮子，却还要做出狮子的形象，怎么办呢？没见过狮子，还没见过狮子狗吗？照着那样做。所以故宫里的狮子，无论是门口的还是里面的，狮子的形象都是狗，已经脱离了它的原生态，已经没有那种野性的感觉，慢慢变得很温顺了。

古代的枕头也讲究品牌

我们现代人买东西总喜欢认个牌子，就是品牌。大家觉得哪个窑口烧出来的瓷枕最好呢？磁州窑、定州窑，这都属于大的范围；还有小范围的，唐代的时候就开始有了品牌意识，比如裴家花枕，显然是一个裴姓的人制造的花枕，是胶胎的，而宋代磁州窑里比较著名的有张家造，就是说制造枕头的人姓张。

　　磁州窑是北方最广泛的一个窑口，它的品种特别多，除了在瓷枕上刻上诗文之外，还有很多反映当时人们生活的一些纹饰，比如踢球、钓鱼，充满生活气息，以至于有人归纳磁州窑的装饰手法有58种之多，它分得非常细。装饰手法总体上就三种，第一种方法叫"硬碰硬"，它用刀、竹片等硬物在上面刻画而成；第二种方法叫"软碰硬"，就是用笔在上面画的，没用动刀、竹片这种硬的东西；第三种方法是"软硬兼施"的，既有刻又有画，这是一种简单的磁州窑的分类方法。

参访江苏太仓同觉寺

在太仓市政协邱主席和罗总的指引下，我们一行五人于 2015 年 2 月 15 日下午 4 时左右在太仓同觉寺缘见曙提法师，和法师就宗教的教义、核心内容、形式及怎样正确认识金钱、权力、欲望，法不二门等一系列形而上的问题作了有益的探讨，聆听法师的教益，心灵深处受到震撼和净化，对做事坚定了正确的信念。

同曙提法师合影于同觉寺

我们除了对法师敬慕之外，更多的是想再次创造机会，请法师向更多的人们弘法布道，学习做人做事的精髓。我们对法师的热情接待和讲经说法表示深深地致谢！

附同觉寺简介：

太仓市同觉寺，始建于明朝永乐年间，距今已有近六百多年历史。传说当年建文帝曾避难至此，并栽植银杏树一棵（现存同觉寺公园），"同觉寺"的寺名也是建文帝根据其祖父朱元璋出家的"皇觉寺"而命名，因为明太祖由僧人的身份成就帝业，而建文帝也暗含了希望从僧人身份恢复帝业。

同觉寺历代香火鼎盛，寺内供奉之观音圣像时现灵应妙相，十方善男信女纷纷慕名而来，凡有所求，皆得感应，闻名遐迩。"同觉寺"坐落于浮桥镇南环路，占地面积63亩。由山门、钟楼、鼓楼、天王殿、大悲阁、万佛楼、藏经楼、大雄宝殿、宝塔等殿堂组成。殿堂建筑气势宏伟，法相庄严。高66米的宝塔巍峨耸屹，流光溢彩。清净典雅的同觉寺公园曲栏回廊，河池亭阁与寺、塔交相辉映，成为一座融寺院园林为一体的庙宇，更成为港区佛教圣地和旅游胜景。

随笔春秋 Sui Bi Chun Qiu

游 鼎 湖 山

2015年大年初一携夫人、女儿、女婿、小妹一行五人畅游肇庆鼎湖山，因它的占地面积太大、景点太多，只能坐车观花，参观几个景点。

第一，植被全覆盖，天然氧吧！

无论你坐电瓶车、旅游大巴上山下山，还是驻足远眺，特别是到宝鼎园凭栏环视，没有裸露的山坡、山峰，那一根根树干支撑着绿叶参天而列，和山湖相处，是那么的协调、和谐、自然。

绿色的植被就像一块绿色宝石横亘我们的面前、胸前、心前，它带来是无价之宝氧吧！

大口深呼吸吧，大自然造物主赐予我们的生命之泉。

第二，幽谷深湖。

鼎湖山水系发达而且连贯，凝视碧绿湖水潭流，你的整个身心都融化进去了，上善如水，正因为又一个生命之泉灌浇出这么美丽一方神地，让我们讴歌这北回归线上唯一的绿色宝石吧！

夫人幽默风趣地说在这里拍一些神秘题材的影视，倒是绝佳的基地。

第三，撞钟祈福。

人文景点太多，因最近身体欠佳，不能一一游观了，我们选择在宝鼎园撞钟祈福。

一撞祈祷百姓安康，
二撞祈祷国运昌盛，
三撞祈祷合家健康，
四撞祈祷亲友平安，
五撞祈祷商友发财，
六撞祈祷微友事成，
七撞祈祷好友康顺，
八撞祈祷妻儿万福，
九撞祈祷天下和平。

赞北京天空高原蓝

2015 年 6 月 11 日

久违了高原蓝，

天蓝得那么透彻，

蓝得那么湛洁，

蓝得那么入肺入心。

云那么舒卷，

那么淡爽，

那么怡情。

北京高原蓝

在高原蓝、淡积云下，

西山显得那么雄健巍峨，

昆玉河显得那么清澈飘逸，

故宫的角楼更是在余晖下显得金碧辉煌，

首都机场一架架飞机更像雄鹰展翅翱翔天际，

中央电视塔灯饰在夜幕映衬下光透四方……。

亲友们奔向山脉、河边、广场、小区……，

喀嚓喀嚓地摄下这美丽高原蓝并在微信朋友圈里刷爆。

人们爱这天人合一境界，

爱这生命健康精粹，

爱这心灵永续给养，

让我们讴歌高原蓝吧！

让我们赞赏高原蓝吧！

让我们向坚持不懈，

努力使北京大气优质化而奋斗的人们，

致以崇高敬意。

延伸阅读：

说起北京的天空，总是给人雾霾的感觉。

但昨天在送走了雷阵雨后迎来晴好天气，蓝天白云下的京城处处风光绮丽，有专家指出昨天北京天空出现的是"淡积云"，这种云高原常见，但北京却不常见。昨天北京天空竟然出现了如此少见的晴好天气,被网友们形象地称为"高原蓝"。

高原蓝下的京城,细颗粒物也创下了最低纪录,城六区 PM2.5 浓度仅为 5 微克/立方米,为一级优水平。

北京高原蓝

而根据市环境监测中心预计,未来 3 天北京的空气质量将维持优良。

面对如此好的大气环境,人们不禁要问,以前北京的天空几乎没有如此晴好过,现在北京的天空为什么会出现高原蓝?

1. 也许有人说,这又是大风帮忙,昨天北京刮风了。的确,昨天是刮风了,大风的确有助于清除大气中的污染物,但有一点必须说的是,以前刮风可没有出现过高原蓝,甚至还有人说,风停之后不久北京的天空就会再次雾霾笼罩。但现在不同了，现在风停了，北京的天空依然晴好，通州望西山依然清晰可见。所以，刮风只是高原蓝的一个原因。

2. 还有一个重要的原因是，北京为保障大气环境开展了一项行动，叫"一落实四项整治"，这也是出现高原蓝的重要原因。

一落实四整治，就是要落实好清洁空气的四方面共84项工作任务，这四个方面的任务是指压减燃煤、控车减油、治污减排、清洁降尘，而各项任务又细分为很多小项，总计84项。

而四整治就是要整治各行各业的污染排放源，凡是对大气有污染的行业，不论是工业的，还是生活类的污染，也不论是工业扬尘，还是机动车的污染，都在整治范围。

具体来说，工业排放源中的那些污染大气的行业，如水泥、化工、燃媒电厂等10个行业是整治的重点对象，这些行业必须达到规定排放的标准，否则就要受到严厉处罚。

生活排放源是指餐饮油烟、露天焚烧、露天烧烤等，这类行业数量特别多，特别是饭店更是星罗棋布，油烟排放对雾霾的贡献不可忽视，所以生活排放源也是整治的重点。

而对于工地的扬尘，以及机动车的整治，也是四整治的重点对象，北京还处于建设期，工地非常多，扬起来的污染必须重点整治。

而机动车的污染更是人所皆知,五百多万辆机动车对大气的污染不容忽视,北京去年淘汰老旧车47.6万辆,实现减排挥发性有机物1.6万吨,对机动车从严管理确保了清洁空气计划的顺利进行。

保障大气环境的一落实四整治行动已进行一年多了,上千家工业企业受到了处罚,北京市内的工业企业基本做到了达标排放,过去夜里偷排偷放的现象基本绝迹了,这是因为环保执法部门加强了执法力度,抽查暗查力度加强了,一旦被发现将处于最高处罚,这是企业不可承受之重。

还有大量的餐饮饭店都主动或被动安装了净化装置,建设工地也主动加强管理杜绝扬尘。而面对数百万辆的机动车,对尾气排放采取了最严的京V标准,并加强了检测,对于不符合北京排放标准的机动车一律不得进入六环。

可以说,一落实四整治传递了一个信号,那就是北京清洁空气动了真格,北京环保执法已向污染大气的违法行为全面开战,执法的对象已遍及各行各业,这是北京大气环境能够好转并出现高原蓝的主要原因。

3. 北京大气好转,还有一个原因,那就是京津冀三地协同治理大气的结果。北京、天津、河北三地去年先后完成颗粒物源解析工作,明确了机动车、扬尘和燃煤分别是本地 PM2.5 的首要来源，这为寻找污染源并从严整治提供了科学依据。一年多来，三地协同作战，对症下药，科学治污，所谓"兄弟齐心，其利断金"，治污不是一个地方的事情，清洁空气联手合作才会取得更大效果。事实也是如此，一年来北京大气环境不断好转，其实也是三地协同作战的效果。

打油诗篇

发 车 有 感

　　1996 年 10 月 24 日，我和小李、小宋开一辆得力卡面包车驾驰在湛江至广州高速路上。高速当时只有阶段开通，途中我驾车开了百余公里的路程，一边开一边想，组织、帮助国家部委发车任务完成，很是高兴。兴奋之余咏诗一首：

广湛高速行车爽，秋高气清心花放。
辛劳一年装车忙，英明领导支持上。
安装系统齐聚湛，圆满发车众人奖。
无心参与属机缘，行健徐动有戏唱。

注释：

1. 装车忙：那年年初接国家部委组装一百辆双开门面包车任务。

2. 圆满发车：某部委装备处的同志都齐聚湛江三星汽车提车发车。

3. 行健徐动：老子《道德经》的语义，办事情行为要端正健康，行动要循序渐进。

同合作伙伴袁晋（右一）合影

双 节 感 怀

2006 年 10 月 1 日创作

十一中秋喜相逢,溯古思今唱英雄。

昔日天蓬戏嫦娥,今朝健儿登月球。

皇城风水转轮流,长街绵延自主游。

商海无域展新业,普度众生入心头。

重阳登世博建设大厦顶层眺望世博规划园区有感

2006年10月30日

重阳登高极目望，宏伟蓝图心中想。
双桥凌空踏浦江，团组五色留世芳。
百年遗址展新貌，万邦和谐今唱响。
待到众生欢聚时，文华心慰告上苍。

注释：

1. 双桥指上海南浦、卢浦大桥。
2. 百年遗址泛指江南造船厂等，均保存下来。

贺中国西部农业马铃薯发展高层论坛胜利召开

2009 年 2 月 21 日

早春二月钓鱼台,西部论坛芳草开。
谈薯惠农须政策,五湖四海聚英才。
小小土豆大产业,颗颗金蛋财路来。
情倾薯都天地宽,造福人类乐开怀。

合影

注释：

1. 钓鱼台：为钓鱼台国宾馆。
2. 芳草开：论坛在芳草厅开。

感恩中银国际高级总裁陈晓露

2008 年 4 月 27 日

旭日绿茵晓露,晚月中环银座。

露从水来去成雾,乾坤蒙胧一片。

化自己,润万物。

损有余,补不足。

天道苍茫自生路,投行生涯须报国。

注释:

1. 陈晓露:中银国际高级投资人。对我初涉香港资本市场很大帮助。

2. 中环:中环位于维多利亚港南岸,与北岸的尖沙咀地区隔海相望,并肩成为香港两大顶尖商业区。

中环区为香港的商业、金融及银行中心,也是特区政府决策及权力中心,特区政府总部及立法会大楼均坐落于此。这里有很多的新旧建筑,成为标志性的建筑,如上海银行大厦等。曾为亚洲最高的建筑——怡和大厦也坐落在中环。同时,前卫流行的购物商场交错纷呈,是香港岛的心脏地带。

  3. 损有余补不足:老子《道德经》语。

赞中海雅园北门内桃花盛开

2009 年 5 月

三月春江花着粉,五月雅园门前红。

红粉知己竞吐艳,痴女情男堕情坑。

中海北门桃花盛开

二〇〇九年八月八日
晨游紫竹院公园有感

濠雨落京城,竹林幽雀闹。
雨骤稀游客,池疏密垂钓。
忘情伞下坐,意凝杆上飘。
问君何所得,情志一肩挑。

紫竹院公园

赏广州花城汇广场夜色

秋高气爽月色明，苍穹作幕映塔身
谁持彩珠当空舞，当是众生鼎花城。

注释：

塔身：指广州花城汇广场的西塔。

赏广州花城汇广场夜色

小聚翁敏茶庄

2013年2月2日中午,沃飞公司总经理张强盛情在杭州梅家坞翁敏茶庄请我们吃农家乐。

1. 春笋炖腊肉。
2. 大葱炒肉片。
3. 鲜菇炒雪菜。
4. 西芹炒肉丝。
5. 山泉喂土鸡。

餐后回味无穷,作打油诗一首,以作留念。

青黄红绿白紫咖，两色主搭成色佳。

荤煨素炒五味尝，舌尖尽头田土香。

后山前店映入画，民风淳朴生命长。

梅家坞里色可餐，来春踏青寻翁庄。

注释：

1. 两色主搭，上述五个菜色主要是黄色和绿色构成。

2. 五味为酸甜苦辣咸。

115

游杭州云栖竹径

游云栖竹径归来途中,感触太深,思如泉涌,故赋诗一首:

葱翠青峰蕴竹径,幽径直上五彩云。
百年剑竹无情缘,千年苦槠绝尘愿。
洗心亭池滤心尘,云栖花香润肺来。
触及幽境生幽梦,魂留天堂与人间。

游杭州云径竹溪

Da You Shi Pian **打油诗篇**

游杭州云径竹溪

随笔春秋 Sui Bi Chun Qiu

游济南趵突泉有感

三月春意潜泉城，嫩柳粉棠争相艳。
碧池三眼波涛涌，虎跃趵奔珠翠现。
为何涌泉永不竭，王屋山中暗流来。
人生若要浪花现，禅悟量变与质变。

延伸阅读：

趵突泉位于济南市历下区，南靠千佛山，东临泉城广场，北望大明湖、五龙潭。面积158亩，是以泉为主的国家AAAAA级旅游景区特色园林，国家首批重点公园。该泉位居济南七十二名泉之首，被誉为"天下第一泉"，也是最早见于古代文献的济南名泉。

趵突泉

趵突泉是泉城济南的象征与标志，与济南千佛山、大明湖并称为济南三大名胜。趵突泉位居济南"七十二名泉"之首，被誉为"天下第一泉"。

趵突泉水清澈透明，味道甘美，是十分理想的饮用水。相传乾隆皇帝下江南，出京时带的是北京玉泉水，到济南品尝了趵突泉水后，便立即改带趵突泉水，并封趵突泉为"天下第一泉"。

泉在一泓方池之中，北临泺源堂，西傍观澜亭，东架来鹤桥，南有长廊围合，景致极佳。泉池中放养金鱼，大者长逾三尺。泉东侧隔来鹤桥有望鹤亭茶社，专为游人提供用趵突泉水沏的香茶，2元一大碗。

摄于济南趵突泉

泉的形成

济南以"泉城"而闻名，泉水之多可算是全国之最了。平均每秒就有4立方米的泉水涌出来。比较著名的泉就有四个：珍珠泉、黑虎泉、金线泉、趵突泉等，仅趵突泉每天就涌出7万立方米的泉水。

为什么济南的泉水这么多呢？这主要与济南的地形结构有关系。它的南面是一片山区，是山东有名的千佛山；北面是平原，济南位于山区和平原的交界线上。

这里的山区是由石灰岩组成的，而平原的泥土底下也隐藏着岩浆岩。山区的石灰岩大约是在 4 亿年前形成的，其质地比较纯，它以大约30°的斜度由南向北倾斜。石灰岩本身不很紧密，有空隙、裂隙和洞穴，能储存和输送地下水。地下水顺着石灰岩层的倾斜，大量地流向济南，成了济南泉水的水源。

海棠

在平原下的岩浆岩，它的组织很紧密。所以地下水流到这里后碰到岩浆岩的阻挡就流不过去了。岩浆岩上又覆盖着一层不透水的粘土层，地下水就不能自由地流出地面。这些被拦阻的大量地下水凭着强大的压力，从地下的裂隙中涌上地面，就形成了这些著名的泉水，趵突泉就是其中最著名的一个。

祝大舅陈兴邦八十大寿

八十大寿喜来庆,蹉跎岁月又一春。
桃李满园勤耕耘,国学风范众人敬。
蒙城结缘世代承,两家互动由衷情。
宏阔人生当奋进,高朋满座贺诞生。

大舅陈兴邦(右一)

广州好友芳芳盛情赋诗一首（谢谢小芳），赠与兴邦先生八十生辰，祝先生寿比南山：

溢园红润好气色，八十长廊绘锦华。
兴邦授语堂前燕，寿高桃李比齐天。

注释：

1. 国学风范：大舅在上海南汇中学为特级语文教师。
2. 蒙城：现为江苏省丹阳市吕城镇。

开车上香港太平山游览有感

2013 年 7 月 7 日中午

盘旋十八上太平，翠山碧海色映景。

维港九龙一览余，白云山水在呼应。

狮子亭前自留影，见证百年财富城。

求索差异从何来，文化环境根源寻。

香港太平山

贺中国工艺雕漆大师文乾刚
率工作室弟子自驾游胜利返京

2013年十一国庆节前后一直关注你们的自驾行,得知你们胜利返京,不由感慨万千,赋诗一首以作留念。

昆仑山脉

9月26日下午1点左右团队自驾游从北京顺义出发,途经内蒙古陕坝、杭锦后旗、大玉门关、酒泉、嘉峪关、敦煌月牙泉、金山口、苏干湖、大小柴旦盐湖、格尔木、雪水湖、登珠峰训练基地、纳赤台、祖脉昆仑山口、可可西里、杰桑·索南达杰纪念碑，返回格尔木、小柴旦盐湖、西宁、山西吕梁、五台县佛光寺，10月6日晚11点左右返回北京。

> 万里奔驰万里尘，京都直达祖昆仑。
> 玉门敦煌月牙泉，雪山柴达聚宝盆。
> 可可西里护藏羚，杰桑碧血留英魂。
> 自虐之旅意何在，亲吻大地净心灵。

与文乾刚大师合影

注释：

文乾刚，男，1941年10月生于辽宁，1961年，北京工艺美术学校毕业进入北京雕漆工厂做雕漆工人。逐步从一名普通工人升任为总工艺师。北京市一级工艺美术大师。北京工艺美术行业协会珍精品、新品鉴定评估委员会委员。北京工艺美术大师评估委员会委员。北京工艺美术质量标准委员会委员。北京工艺美术行业协会大师专家工作委员会副主任。2002年，退休成立了工作室。

成就

2010年11月工作室制作完成了9个部件组成的《剔红古诗意五扇屏风》。屏风宽6米，高2.68米，正面为黄鹤楼、钱塘江潮等壮美景观，背面是古人的著名诗词。中南海怀仁堂里的雕漆壁饰，发展和改革委员会农业生态会议中心的壁画，中央军委一对高2.95米的雕漆瓶。

《五龙闹海》盘直径108厘米，1998年美国总统克林顿访问北京时，陈列于北京人民大会堂接见厅，作为江泽民主席会见克林顿的艺术陈列品。

1999年，为庆祝澳门回归，《花好月圆》盘，由北京市人民政府赠送澳门特别行政区政府。

其他获奖作品：

《弥勒》北京工美公司精品奖。

《哼哈二将》北京工美公司优秀奖。

《福禄寿三星》北京工美公司精品奖。

《玉带桥》2001年杭州西湖博览会第二届中国工艺美术大师作品暨工艺美术精品博览会优秀创作奖。

《千年一品酒瓶》2001年第三届中国工艺美术大师作品全国奖。

《天球瓶》第三届中国工艺美术大师作品博览会金奖。2002年首届全国旅游品设计大赛优秀作品奖。

观阳澄湖美景，吃金爪蟹美食有感

2014年10月4日，我们一行五人应徐总、陶老师的邀请，从上海驱车前往昆山市巴城镇赏美景吃美食。当我们登上观景台时，阳澄湖一览无余，壮宽秀美。当我们在老街共食美食时，顿感仙餐天降，食味无穷。

同夫人摄于阳澄湖畔

故咏诗一首，以馋大家。

另徐总以百亩湖水，每年滋养着上万公斤的正宗阳澄湖大闸蟹,真货实价,绝对比城里销售的大闸蟹便宜一半以上,如果朋友们有需要,可微信于我,即刻快递美食,保证明天就到你的餐桌,还有南京农业大学陶老师种植葡萄,号称天下第一,不信,你也可品尝试试。

瞭望阳澄百里宽,秋风送爽人情暖。
湖中小舟水里荡,才有金爪餐桌现。
九母十公两月食,犹如登天琼瑶喝。
我愿天下共富足,民富国强梦好圆。

注释:

阳澄湖大闸蟹,又名金爪蟹,产于苏州阳澄湖。蟹身不沾泥,俗称清水大蟹,体大膘肥,青壳白肚,金爪黄毛。肉质膏腻,十肢矫健,置于玻璃板上能迅速爬行。每逢金风送爽、菊花盛开之时,正是金爪蟹上市的旺季。

大闸蟹

农历 9 月的雌蟹、10 月的雄蟹，性腺发育最佳。煮熟凝结，雌者成金黄色，雄者如白玉状，滋味鲜美，是享誉中国的名牌产品。2014 年阳澄湖大闸蟹在江苏省昆山市巴城镇开捕。

秋日登黄山

清晨盘山上云谷，
青风扶我越众山。
奇松遍耸怪石壁，
云海铸就万里壑。
自然鬼斧孕神工，
天造地化一名山。
昊昊天道宏宇转，
人间渺小何色彩。

秋日登黄山

秋日登黄山

注释：

1. 青风指去白云寺的缆车。

观摄影获奖作品《五台山台北》有感

行踏黄陂慕青山，
拂袖撒手宇宙间。
拟是顺帝绝红尘，
纵身跃崖身重来。

奔五台

苏青原创

遵陈世东大哥意，题美国《国家地理》摄影大赛中国赛区获奖作品《五台山台北》。

佛门从来向善开，
吾访高僧奔五台。
纵有千山与万壑，
心中有爱路途坦。

摄影作品《五台山台北》

注释：

1. 苏青：原中国科普出版社社长。
2. 顺帝是清朝二朝皇帝，传说为爱情出家五台山。

观残荷照有感

雪融碧池润枯荷,苦莲曲意姿婀娜。
千条残枝寒风瑟,后积薄发来年红。

残荷

附宋杨万里诗二首：

晓出净慈寺

毕竟西湖六月中，风光不与四时同。
接天莲叶无穷碧，映日荷花别样红。

小　池

泉眼无声惜细流，树阴照水爱晴柔。
小荷才露尖尖角，早有蜻蜓立上头。

登宜宾东山白塔
观三江汇聚处有感

2014年6月写作于宜宾

葱翠东山观三江,登高览胜白塔上。

远眺三山立三塔,近俯二江汇长江。

扬清抑浊还本色,滨城生态山水画。

百谷众流奔大海,青山绿水基业长。

宜宾东山白塔

延伸阅读：

1. 三江：金沙江、岷江、长江。金沙江、岷江在宜宾汇聚成长江。

2. 宜宾明代白塔

在宜宾城东面的登高山（又名东山）上有座巍然屹立的古塔，名叫白塔，又名东雁塔，位于市江北岸的东山（又名登高山）上。

建于明代隆庆年间（1567—1572）。塔身空心密檐六方圆锥形砖石结构，共八层，高35.8米，边长4.45米，基层直径11.2米。塔门雕龙抱柱；塔座雕负重力士；塔内有梯旋环可通顶端。在塔顶有约六七平方米平台，可鸟瞰宜宾城及远近山水，是宜宾登高览胜的极好地方。清代诗人杨端曾写诗道："竹杖芒鞋兴颇赊，郊原到处听清笳。欲登白塔穷秋望，且泛扁舟荡日斜。山外白云浑似水，江头红树胜于花。归来未觉经行倦，更向河亭问酒家。"白塔于1982年被列为宜宾市重点保护文物，1984年全面进行修葺。塔旁，有登高山城和搞元遗址。距塔数十步，有报恩寺，又称白塔寺，寺内一栋三楹，两侧有厢，颇为幽静。现有部分已毁，旧址沿存。

3. 三塔三山——东山、白塔、七星山、黑塔、翠屏山、江北旧州塔。

4. 黑塔，因塔为青色砖石砌成，未加粉饰，远看如黛，因而得名。该塔建于清代嘉庆年间（1796—1820），为砖石结构空心密檐八方圆锥形塔，共七层，塔高34米，基部每边长4.4米，塔门北向，正对宜宾城，塔内有石级绕塔心至顶，共118级。该塔耸立在金沙江畔的七星山顶，七星山因有七座山峰环立宜宾古城，如七星伴月而得名，为宜宾城的最高峰。登上塔顶，但见大江东去，百舸争流，三山逶迤，三镇雄踞，一座山水园林城市的美景尽收眼底。2002年，四川省人民政府批准该塔为重点文物保护单位。2005年，为创建中国优秀旅游城市，该市政府在黑塔实施了亮化工程，入夜，七星山顶的黑塔熠熠生辉，与东山白塔交相辉映，为亮丽的古城增辉添彩。

宜宾东山白塔

4. 旧州塔，坐落在岷江北岸的旧州坝上，距宜宾城中区约3公里。该塔为十三重密檐式方形空心砖塔，形似西安荐福寺小雁塔,高29.5米,底部每边宽7.23米。塔内一底四层,每层设供佛小室,有阶梯环绕塔心而上。塔四周每层密檐下有4个圆拱形窗子,共48个,12个窗户通光为真窗,大部分为装饰性。四层塔心室皆为供佛用室,有斗拱藻井等。整座塔外形庄重优美,具有明显的佛教建筑艺术风格。1941年,中国营造学社内迁宜宾李庄时,梁思成、莫宗江、刘敦桢等古建筑专家曾到此塔考察,从塔的结构、建筑风格、塔内题刻等,认定为典型的宋代建筑。梁思成先生在其《中国建筑史》一书中,有细致的描述并绘有插图:"塔平面正方形。初层塔身颇高,上叠涩出密檐十三重,塔内设方室五层,各层走道阶级,则环绕内室螺旋而上。塔建于北宋崇宁元年至大观三年之间(1102—1109),在外观上,属于唐代常见之单层多檐方塔系统,但内室及走道梯阶之布置,则为宋代所常见。"该塔距今900多年,虽历经无数战乱风烟,保存完好,巍然耸立在岷江之滨。每当夕阳西下,金波帆影,

东山白塔

千鸟归林,古意盎然。"旧州夕照"成为宜宾一景。更为今人惊奇的是,该塔没有石砌塔基,是用砖直接从凝结的鹅卵石上砌起的。1956年,该塔为四川省人民政府公布为重点文物保护单位。

摄于三江汇聚处

6. 附宋洪飞作品一首，洪飞兄为宜宾市政府领导。

巍巍白塔屹大江，登高揽胜上东山。
远眺七星望翠屏，极目扬子去天际。
金沙岷水变泾渭，碧浪青山复还来。
三江三山复三塔，戎州明天星捧月。

观花蕾有感

2013 年 7 月 17 日清晨

　　万蕾待开一花放，

　　菊黄八叶向阳唱。

　　苞蕾精华在根上，

　　花艳才有数日香。

　　盛开之时籽洒下，

　　春泥护她又成长。

　　人生蓄放要思量，

　　月盈花盛要收场。

观花蕾有感

和广东南方医院杨运高教授夫妇
登深圳大梅沙喜来登酒店观海作词

海天天际线，群岛重叠，雾遮云挡，如水中画。

俏梅沙，雄盐田，悠然直融四大洋。

新小镇三十年崛起，全靠小平南下。

如今南沙风云会际，再思量，新海疆策。

深圳大梅沙喜来登酒店

登 2000 号游轮观赏悉尼湾景有感

于悉尼 2014 年 9 月

笛声绕空浪花翻,临风乘船游碧湾。
白帆映晖奏春曲,衣架南北心桥连。
灯火万户灿烂处,坐山乐水真神仙。
明珠悉尼自然赐,百年环保功大天。

摄于悉尼大桥

悉尼湾

注释：

1. 白帆：悉尼歌剧院。

2. 衣架：悉尼大桥。

3. 坐山乐水：所谓仁者乐山，智者乐水，山水两者兼得者，神仙也。

人 生 宽 窄

最近受朋友邀请，头晚到成都，第二晚上回京，走马观花游了一趟成都，上午去了成都宽窄巷子、武侯祠、杜甫草堂。参观完毕后，脑子老是考虑宽窄人生一事。

1. 始终一生，就是窄出宽进，然后又宽出窄进。从娘亲肚子里出来就是窄窄出来，进入宽宽的世界。最终又宽宽进了八宝山，窄窄入了骨灰盒。

摄于成都宽窄巷子

2. 人生道路总是一阵宽又一阵窄。

邓小平的三起三落，人生起就是宽，落就是窄。

中国共产党被迫放弃瑞金红色根据地走二万五千里长征就往窄走,但是走出了长征到陕西革命根据地又往宽里走了。

3. 人生走窄路时不要灰心丧气,要沉着应对,要总结教训,要待机而动。

走宽路时候,也不要骄傲自满,飘飘欲仙,而是要战战兢兢,如履薄冰,扎扎实实做好每件工作,积累取胜基础,使自己路子走得更宽。

写到这里不由哼起一首打油诗:《宽窄咏》和大家分享。

成都宽窄巷子地标

    宽宽窄窄宽宽窄,一阵宽来一阵窄。
    窄来闷头来反省,伺机而动渡难关。
    宽来抬头别得意,朝励晚惕上台阶。
    宽宽窄窄自然意,心底正明度宽窄。

延伸阅读：

宽窄巷子·最成都

宽窄巷子作为成都的生活地标；记录了满城的繁华旧景；展现老成都典型生活样态；承载了这个城市的温暖记忆。它是历史的，也是发展的，但它一直是生活的。它再现了这座城市的精神内涵，它休闲，它安逸，它从容。所以成都人说最成都的地方是宽窄巷子——宽窄巷子最成都。

有些地方

是永恒的

有些心情

是永恒的

——张晓风（台湾著名散文家）

宽窄巷子是我见过的搞旧文化消闲最高明的地方了，我认为拿去国际拍卖，宽窄巷子应该逾二十亿。

——张五常（国际知名经济学家，新制度经济学和现代产权经济学的创始人之一）

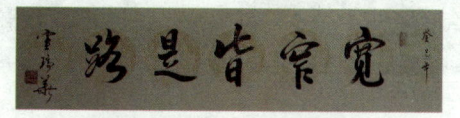

原广东省省长卢瑞华题词

适可而止

好友罗燕发了一张国画，题款为：只要加柴水总会开。

我对下联：不停加柴水总会干。

横批：适可而止。

回忆篇

回忆篇

第1集　家事国事　事事相联

已过花甲之年的我，如今正迈向古稀，回首往事，总抑制不住内心的激动。自己的人生经历虽不是揽尽风雨，却也是经多见广。不时，我会陷入深度的沉思，让时光机尽情带着我回到那些年，令我铭心刻骨的岁月。

1. 出身

1949年，一个特殊的年份，因为在这一年发生了中国20世纪的第二次历史剧变，中国人的命运从10月1日起，发生了天翻地覆的改变，而我就幸运地降生在这样一个举国同庆的大环境中。

这一年的11月17日，在江苏省丹阳县吕城镇河南大街外婆家的柴房

外婆荆小秀

中，一声婴啼划破长空，母亲将我带到了这个世界。当时父亲在上海铁路局工作，母亲陈玲娣还在外婆家生活。

外婆叫"荆小秀"，人如其名，长得秀气、漂亮，是吕城的第一美女，人送绰号新娘子。她为人善良，勤劳，聪明过人，与外公相敬如宾。外公叫陈永香，从小就在当地经商，有着丰富的经商经验。夫妻俩含辛茹苦、省吃俭用，最初，用积攒的一些钱开了间粮店，辛苦奋斗几年后，终于在京杭大运河边盖起了二层小楼，小楼边上还盖了间柴房。

2. 小楼

自幼就常听外婆讲，临河小楼雕龙刻凤、楼廊曲回，古色古香的格调看上去雍容典雅。小楼二层的地板全以红木铺设，放眼望去，俨如宫殿一般。

每每站在二楼向东北远眺，大运河美景尽收眼底，天水相接，浑然一色，让人分辨不清何处是实景何处为倒影。

大运河上横跨着大凌桥和河闸，与古镇交相呼应，更加凸显了小镇的雄浑和深邃。吕城过去叫蒙城，据传三国东吴名将吕蒙镇守此地。

就是这样一处依山傍水的好房产，让外公外婆在吕城名声大震。二老家境殷实，生活无忧无虑，本可以就此颐养天年，却不想好景不长。

1937年，历史上著名的"八·一三"事件爆发，日本侵略军向上海发动大规模的进攻，鬼子沿沪宁铁路向上海挺近，在路过吕城时，一把大火烧毁了外婆辛辛苦苦盖起的小楼，一瞬间，外婆的家产付之一炬，所有的心血和汗水也都随着熊熊浓烟化为了灰烬。这也就是为什么我会出生在柴房里的原因。

中国老百姓对日本军国主义的恨扎根心底，侵入骨髓。覆巢之下，安有完卵。国不强则民不安啊！

3. 重建

外婆是个性格刚毅的女人，小楼没了，但生活的希望不会随之破灭。新中国成立后，老两口以坚忍不拔的精神在临街又重新盖起了房，还租给人家开饭店，生活很快又好起来了。人生大道荆棘丛生，常人会望而却步，只有意志坚强的人例外。外婆就是那个意志坚强的人。

老两口的新房旁边是吕城镇镇长品山爷爷的楼房。品山爷爷，全名陈品山，与外婆家是亲戚，听外婆说品山爷

一家三口摄于镇江金山寺

爷经常抱着小时候的我。两处房子中间能看到一个小门贯通左右,中庭楼和柴房与品山爷爷的西墙之间夹着一个小院,这是我儿时的"游乐场"。我常常在此玩得昏天暗地,孙悟空大闹天空、玩糖纸、掏鸟蛋儿……还记得有一次,我把掏空的半个西瓜皮扣在脑袋上,装扮成美猴王,正值得意之时,只听"砰"的一声,一个玩伴一下子把我的"凤翅紫金冠"打得粉碎,我不依不饶要他赔,直到他的家人买了些糖果把我哄好为止。

4. 善举

就在这平凡的小院里,被外婆帮扶过的人很多,他们每当提起外婆,都对她的为人赞赏有加,无不激动地表达着对她老人家的感激之情。小邦舅舅(品山爷爷的儿子)是其中之一,小帮舅舅全名陈小邦,叫外婆姨娘,中等身材,胖墩墩的,因为一只眼睛失明,所以我们都喊他瞎眼舅舅。

记得那是一个傍晚,当时的我还不到12岁,金色的余晖洒落在外婆家的小院里,我和老两口围坐在一张小方桌边正吃晚饭,突然,一个中年人从小院后门走进来,右手拿一个包袱,左手夹着一把油纸阳伞,冲着外婆就喊:"姨娘!"

外婆怔了一下,定眼仔细地看着这张有些熟悉的面孔。

"姨娘,我是小邦啊!"小邦有些急切。

外婆定了定神,好像认出来了,连忙上前激动地说:

"小邦！这不是小邦吗？快来快来坐下说！你不是在云南丽江财政局工作吗，怎么突然回吕城来了？"

小邦垂下头，情绪低落，眼眶瞬间被泪水填满了："单位有人检举我，说我在梦里说反党反革命的话，我被开除公职了，下放到老家劳动改造。"一边说着，一边用手抹着泪珠。

外婆拍拍小邦的肩膀，一边安慰他，一边哽咽着说："梦里的话也能算证据吗？！也能被打成反革命吗？！"

小邦继续抽泣着。

外婆安抚着小邦："你先安顿下来，什么都不要想，有什么困难尽管来找姨娘……"

从此以后，外婆一直遵守自己的承诺，接济着我的这个瞎眼舅舅。

再后来，"四人帮"被粉碎，十年文化大革命结束了，瞎眼舅舅的冤案也得到彻底平反。他重新回到了丽江，仍然就职于丽江财政局，还找了一个少数民族的女孩做老婆，过着幸福安逸的生活。直到几年前病逝，享年八十有余。也许在外婆心里，当时她只是做了一件她认为应该做的事，可在瞎眼舅舅看来，危困时刻外婆的无私救济就是一根希望的绳索，把他从地狱拉回到人间。

1975年，我和夫人玉萍曾回到吕城看望外婆，她领着我们见到了小邦舅舅。他看到我们激动得说不出话，拉住我们的手，半晌才说："世东、玉萍啊！三年自然灾害，要不是你外婆接济我,我早就饿死了,你外婆是大好人、大善人啊……"从他的眼中我看得出他对外婆那份压抑不住的感激和崇敬之情。

5. 劫难

看似生活已归于平静恬淡,但人生自古多曲折,这样平淡而快乐的日子也没能维持长久。

时间的脚步很快迈进了1958年,"大跃进"运动爆发,大运河也要追随这次运动,开挖扩宽,于是外婆的房子又经历了一次大劫难,统统被拆除了,只剩下残垣断壁。这次的强拆只得到了很少的补偿,这使得外婆刚刚建立的小康生活又一次被现实无情地击垮,我的童年"游乐场"也就此永远留在了记忆中。

冒进行动的结果是运河没有整治好,而老百姓的财产遭受剥夺,那些曾经的百年老街、千年大桥被推倒被拆除;那些传承着历史的文明遭到毁灭。"大跃进"本应是3个积极向上的字眼,最终却沦为刺心的噩梦,不堪回首,给整个国家带来了一场空前的灾难。即便距离今天,它已过去了几十年,但这场运动在当年埋下的祸根依然影响至今。

上天总是如此不公!外婆宽厚待人,凭着一颗善良仁爱之心,救济和帮助过很多身处困境的人,但残酷的现实并没有因为她的善良,给予她丝毫的仁慈。外婆家从此家道中落,望着拆下的残砖破瓦,老两口痛心疾首、恨意冲天;面对失去的"乐土",我一头雾水、一片茫然。

小时候的我羽毛未丰，少不更事，长大后我才明白，家事是家事，国事也是家事，我们每个人的小家是国家不可分割的一部分，而国家正是我们每个小家的坚实堡垒。故"天下兴亡，匹夫有责"！

6. 绿叶

外婆的一生犹如一片绿叶，随着时间的流逝，颜色慢慢枯黄，但叶脉依然清晰可见。

1999年中秋，外婆去世了，享年九十，她走得很安详。外婆谢世后，我和母亲、小妹把外婆、外公英灵合葬于上海松鹤公墓。

回首她起落的一生，我不禁红了眼圈。她，一个平凡的女子，却有着不平凡的经历，一生中，她都将希望化为皮鞭，在遇到挫折时，抽打着自己继续向前；在大浪来袭时，大声呐喊出倔强的誓言。

岁月的长河绵长蜿蜒，

永远无法洗去我对外婆无尽地思念。

我坐在沙发前，翻着那些泛黄的旧照片，

心潮涌动，泪湿双眼，

仿佛外婆又站在了我的面前，

微笑着喊着我的名字，

一遍又一遍……

第 2 集 旅 客 证

1. 少年

1962 年，我 13 岁，父母把我带到了上海。在上海，我度过了六年的时光，在这六年中，我完成了小学两年和初中三年的学业，生活过得平淡而不乏精彩。

在小学期间，我的最爱有三件事情，第一，最爱去南京东路看荣宝斋的字画，特别是花鸟和人物画，因为当时理想是长大当个画家，看完后就在家里小天井墙上画翠鸟莲荷和古代仕女，还邀请小朋友来参观。第二，是最爱到马路边的连环画书摊看小人书，热门小人书一分钱看一本，一般小人书一分钱看两本，像《三国演义》《水浒传》《东周列国传》《西游记》《红楼梦》等都是在那期间开始看的，增加了很多历史知识。第三最爱是下了课去西藏南路大上海电影院门口和人交换糖纸，记忆犹新的是我最爱的嫦娥奔月糖纸被一个人用十张很一般的糖纸换走了，挺遗憾的。

赴黑龙江建设兵团前拍摄全家福。后排左一陈世东、
左二大妹，前排左一父亲、左二小妹、左三母亲

2. 文革

1966年，中国又一次遭受到了大灾的冲击——无产阶级文化大革命。这是一场长达十年、给党和人民造成沉重打击的严重灾难。红卫兵运动由最初的破除"四旧"（旧思想、旧文化、旧风俗、旧习惯），随后发展成为抄家、打人、砸物等一系列极其偏激的行为。我相信，凡是经历过那个年代的人们，一切都还历历在目。一桩桩、一件件的往事，至今仍记忆犹新，无法释怀。

而在这个特殊的时期，我当然也没能免于被刻上时代的印记，不过感谢上苍的眷顾，我不是被批斗对象，也没有被人抄过家，更没有挨过打，我只是和当初的那些十几岁二十岁左右的青少年一样，只是大潮中的一股小浪，和当初那个时代融汇一体。

中学毕业时留影

如今，距离那个时代，近半个世纪过去了，我心中的波涛汹涌早已被一段段生活的阅历挡去了冲力，变得更加沉稳和平静。

3. 集体旅客证

可直到 2013 年 8 月 21 日，在一个特殊纪念日的聚会上，我亲爱的战友章曼玲将那张褪了色的"集体旅客证"拿到我的眼前，我的思绪又一次掀起了狂浪，久久不能平息。一张爬满斑驳印痕的车票眨眼间带我飘回到了 45 年前那段激情燃烧的岁月，一切的一切都恍如昨日。

1968 年，全国大范围掀起了宣传"上山下乡，接受再教育"的高潮，每座城市、每所学校、每条街道、每个家庭都身不由己地被卷入了这股大潮中，一大批风华正茂、血气方刚的高中、初中学生，先后报名到兵团加入到解放军的序列，屯垦戍边，报效祖国。

我们上海一部分知识青年也不例外，同年8月21日，为了响应毛泽东"知识青年到农村去，接受贫下中农再教育"的指示，集体奔赴到我们生命中极为重要的一站——北大荒查哈阳农场。

北大荒，是位于中国黑龙江省北部，三江平原、黑龙江沿河平原及嫩江流域一片广大荒芜地区。历史记载，1958年，王震将军曾率十万转业官兵对其有过一次开发，视为新中国成立之后的第一次大规模开发。后来来自全国各大城市的几十万知识青年为主要力量的兵团战士，则是掀起了新一轮的"北大荒"开发。这次重大的行动，不仅进一步巩固了东北边防，而且还为"北大荒"变为祖国的"北大仓"增强中国的经济实力、国防实力，做出了难以磨灭的贡献。

乍听"北大荒"之名，让人倍感陌生，但相比陌生带来的恐惧感，年轻的我们更多的是充满了对未知世界的探知欲。

出发前的情景仿佛还在昨天。当时的中共黄浦区教委主任翁妙龄召集贵州中学、上海市六女中、红光中学校革委负责人夏志芳、邱婉凤，还有我，在黄埔区革委会开会，会议委任我们组成黄埔区第一支赴兵团先锋连，夏志芳任指导员，邱婉凤任连长，而我出任副连长。我们率一百余名战友，怀着激动又忐忑的心情，紧紧地攥着那张"集体

随笔春秋 Sui Bi Chun Qiu

旅客证"，登上了那趟载着无数憧憬的北上列车。掌心的汗水在车票上留下了汗渍，掌心的力量在车票上留下了折痕。

集体旅客证车票原件

当列车渐渐启动时，车上车下哭成了一片，叮嘱、拥抱、挥手……不舍之情在这一刻凝固了，我默然望着站台上送行的爸妈，深深地鞠躬，感谢他们的养育之恩，感激他们助我成长的艰辛之苦。当抬起头时，眼前已被一层薄雾遮住了视线。我急忙转身上了车，不愿双亲看到，怕徒增伤悲。

"爸妈再见，回去吧！"我挥动着拿着"旅客证"的右手。

"自己在外要注意！"爸妈依然站在原地回应着我的告别，久久不愿离去。

泪水在眼眶中打转，看着爸妈的身影，我多么想跳下车去，再一次拥入他们温暖的怀抱。可是，再见了爸妈，再见了朋友，再见了我生活了六年的上海……

车开了，大家的情绪也逐渐安定下来，章曼玲回忆说，当时在赶往北大荒的路途中，大家还是很开心的，一起大声合唱着革命歌曲，一起欢快地跳着优美的舞蹈，所有的悲伤似乎被一种无形的凝聚力冲散，我们忘却了离别的伤感，忘却了初离父母的紧张，也忘却了对未来的恐惧。

未知的世界会怎样？遥远的梦想在何方？我们憧憬着……

4. 到站

经过了漫漫路途，终于，火车开始减速了。当火车停靠在拉哈火车站的站台旁，当我的双脚踏上那片肥沃而热情的土地，当心随着激扬的青春荡漾时，眼前的一切都变得不再一样，我对这里的一切都充满好奇，每一个身影、每一寸土地、每一口呼吸……下车后，我们七车厢的知青分别换上了不同的大卡车，其中一辆载着我和章曼玲、刘家英、刘凯民、张忠林、张耀光、彭德权、老付、张佩芝、金如源等战友们，我们欢呼着，我们呐喊着，心中积聚的无限力量，冲破我的心房，顺着血管流入咽喉，直到撬开喉结冲向远方。卡车载着我们这些不羁少年，一路直奔向我们即将开始新生活的地方——新立农场。

在那段苦不堪言却不失美好的青葱岁月，上山下乡的知青们都抱着奋斗的决心，将青春化作天边多彩的云霞，将冲动化作夜空熠烂的繁星；任环境如何艰苦，任劳动如何沉重，伤筋骨、饿体肤，耳边还是总能响起震天的锣鼓，激昂的口号，那气势如海闹潮一般。苦痛和煎熬的生活虽然改变了他们的容颜，却从未压倒过他们的士气。一步一步地，他们像一个个战士不屈不挠、艰难地走着。

在黑龙江生产建设兵团五十团，我分在十一连，任副连长。我不得不承认自己是一个极其幸运的人，风霜忧患不曾追随我的脚步，荆棘苦难也与我无缘，幸运之神似乎一直对我格外的庇佑，我并不曾尝尽普通知青下乡所经历的所有艰难。在兵团的日子，枯燥而劳累，大部分知青每天都要干活，种水稻、割小麦、割黄豆等，干的都是重体力农活，而我作为副连长，重度劳动并不是我的职责，我工作的重点是负责团队的整体后勤工作，为知青们打好坚实的后盾，生活上照顾大家所需，思想上给予大家教导，精神上提供大家支持。每天的农场上，劳动场面盛大。你听，铲土声、刨地声、车轮的"骨碌"声、扁担的"咯吱"声、"噔噔"的脚步声，还有叫喊声，交织在一起，汇成一首动听的歌；你看，豆大的汗珠、卷起的袖子、黝黑的膀子，还有那倔强的脊背，融合在一起，组成了一幅壮丽的画卷。即使如今，很多知青都因为当初的重体力劳动和艰苦的环境造成了终身残疾，但在他们看来，当初的激情和斗志，从没有因为身体的不适而消沉过，松懈过，那段奋斗的岁月依然美好。

劳动是最累人的，但劳动的成果却是最好的一剂止痛药，能让人忘记肉体的伤痛和精神的疲惫，看到劳动后的收获，再无力的身体都好似充了电般，兴奋不已。人民用劳动创造了世界，创造了幸福生活。我们今天的万丈高楼，是劳动创造的；现代化的信息高速公路，是劳动创造的；地球变成村落，也是劳动创造的。而在那个年代，知青们的劳动使浩瀚的荒原变成了亩亩良田。

5. 返城

上山下乡运动，对大多数知青们的确是一个严酷的锻炼。直到进入了70年代以后，国家开始允许知识青年以招工、考试、病退、独生子女、身边无人、工农兵学员等各种各样名目繁多的名义陆续返回城市。知识青年们开始进入到各行各业，重返家乡开始新生活。

遥想过去，那段时光中能够体会到的同生活、共命运的团结，是任何时间段都无法与之比拟的，所以让我倍感怀念。其实，当初我们每个战友都有这张"旅客证"，但在当初看来它只是一张车票，没有人会把不起眼的它看得多么重要。很遗憾，只有章曼玲战友留下了这么一张"旅客证"，所以对我们那个时代的人来说，它显得弥足珍贵。它变得不仅仅是一张车票，还是一种寄托，寄托着我们曾经不羁的岁月，寄托着战友们深似海的友情。

这么多年过去了，当我再次触摸到这张旧车票，心情激动，我用两指摩挲着这张具有历史厚重感的薄纸片，仿佛抚摸到我那逝去的青春，抚摸到我那年少轻狂，无所畏惧的绚丽时光。

你轻轻地离去，
只留给我岁月经过的痕迹。
一张小小的乘车凭据，
竟承载着我无尽的回忆。
他和我，还有那个不容忘记的你，
曾经的疯狂，曾经的不羁，
在今天，还能带领我们重拾当初的勇气……

第3集 生 死 劫

1. 调团部

我总说自己的一生很顺利,喜多悲少,没什么风浪,没什么打击。也许是我太过自信,从没有想过,上天是公平的,怎会拱手给予一个人生命的完璧无瑕?我不是圣人,没有圣人坚不可摧的身板;也不是大力士,没有大力士无懈可击的体力;更不是神仙,没有神仙能长命百岁的无边法力。我只是一个有血有肉的普通躯体。在自己的人生大潮里,我也曾经历过狂风暴雨,电闪雷鸣,也曾有过被海浪拍击在礁石上。如今想想,我只是我……

摄于建设兵团葵花田

在黑龙江建设兵团的日子，我险些将生命永远留于此地，如今想起来，我还是说我是一个幸运的人。因为那份幸运，让我能存活至今。

在十一连干活的日子总是分不清昼夜，日复一日，我每天的工作也重复着，负责知青的生活起居，也负责知青的思想教育。可能由于我爱看书，略识文采，很快大家就都熟知我了，都知道连里有个学识渊博的人，即使没见过真身，也基本都知道陈世东这个响亮的名字。直到一位叫赵鸿业的同志也知道我后，我平静的生命才开始荡起了微波。

赵鸿业时任黑龙江建设兵团五十团政治处副主任，是个惜才之人，只要是有才的青年，必重用之。于是，由于他的赏识，我被从连里调任至团机关政治处"一打三反"办公室，主要负责打击反革命破坏活动、反对贪污盗窃、反对投机倒把和反对铺张浪费运动。在当时，这是一份极其重要的工作。虽然从表面上看，我得到了上级机关的重用，职务上有了一定的提高，但事实上，生活起居我还是要回到连里，条件并不像职务那么风光。

还清晰地记得我随着"一打三反"工作组下到海洋农场二连蹲点时，当时住过的地方，像一个简陋的套间，在最里面的房间里有张大炕，干净整洁，条件相对优越，而外面的一间就没那么乐观了，是由原来烧猪食的地方改造而成的，所以，一进屋就能闻到一股怪怪的猪食味。按常理我是可以有权挑选里间的"高级房"住的,但我喜欢清静,里面住的人多,甚是吵闹,所以我就和另外一个小伙伴商量选择住在外间,虽然条件是差了点,但总还算安静,平时闲暇的时候就可以看看书,学学习,不受打扰。

理想很丰满,现实却很骨感啊。如意算盘打得精,不想却折了兵啊!令我万万没想到的是,一个巨大的祸根正悄悄埋在我的身体里,就像蚂蟥一般,一点点钻进了我的肌肤,潜伏进了我的血管,正一口口贪婪地吞噬着我的生命……

同兵团战友在上海城隍庙豫园合影留念

2. 得病

在连里一住就是一年多,不知不觉的就来到了1971年底,一年的工作基本结束,我们要回到团里做整年的工作总结,修正后,以便为下一年制定好工作计划。可是,回到团里没几天,我竟突然莫名地发起了高烧,四肢瘫软,身体由内而外好似经历了酷刑后留下了难忍的辣热,神经末梢却传递着相反信号,我意识恍惚,感觉整个人置身在冰窟中,身体忍受着热与

171

冷的撕扯，酸痛着，发抖着……每天都努力装作身无恙，其实时刻都似醉非醒魂飘游。药也吃了，针也打了，可就是不见效，高烧依然不退。难道这不是普通的感冒？我有些怀疑了。

团里的领导得知我的病情，非常关心和重视，就让我住进了团里的医院好好看病，专心调养。我也向领导保证一定尽快康复，早日回到工作岗位上。可是没想到，诊断结果令我如同五雷轰顶，我始终不愿相信自己的耳朵：

"小陈啊，你病得不轻啊，得住院……你得的不是普通的感冒……你得的是……出血热！可能在二连蹲点时传染上的。"

"什么！你在说什么！怎么可能！"我抬头质疑地看着医生，语气中掺杂着愤怒和恐惧。

"你先好好休息，千万别胡思乱想，哎……"医生一边紧皱着眉头，一边转身快步走出了病房，只留下一丝丝冷冷的空气。

我瘫坐在病床上，脑子一团乱麻，出血热，出血热，出血热……我不停地念叨着这个恶魔的名字，我该怎么办？我会怎么样？我会死吗？此刻的我仿佛思维也跟着死去了，无力思考，只剩下飘忽的猜想来回徘徊……

通过查阅资料，我知道出血热是一种重度传染病，在那个医学并不发达的年代，如同癌症一样可怕，与瘟疫齐名，得此病的人，很多离开了这个世界。而能够治疗这种重病的医生更是少之又少。资料显示，这种病是由流行性出血热病毒（汉坦病毒）引起的，以鼠类为主要传染源。这让我突然回忆起当初住的那个"改造房"，由于以前烧猪食，所以环境脏乱差，老鼠肆虐，病菌横生，病毒就是在那个时候种在了我的体内啊！我捶胸顿足，懊悔万分，为了能安静的看书，我都做了什么？我竟然把命都要葬送在那里了！我该怎么办？就这样等死吗？我无助的咒骂着自己。

人生就是这样，常常走到了绝路，才会停下脚步想到后悔。可是往往懂得后悔的时候，一切又为时已晚。那时，我整日躺在病床上，好像在等着什么，死亡亦或是希望……来探望我的人总是络绎不绝，从领导到战友，我都一一将他们的名字记在本子上，患难见真情，在我危难之时，大家都不曾远离我，不曾忘记我，我要记住这些名字，记住这些给过我温暖的朋友们。这样，即使有一天我离开了，我也不会觉得孤独和恐惧，因为在另一个地方，还有这些名字的陪伴。我也托朋友捎信给我的母亲，将这个噩耗告知她老人家，让她尽快赶过来见见我，有了母亲最后的慰藉，即使上天要残酷地没收我的生命，我也无憾了。我仿佛每天都在做着生命最后的安排和嘱托，因为没有人能够救我了。

"你听说吗，小刘死了。"

"啊！怎么死的？是身体又高又壮的那个吗？"

"可不嘛，再好的身体也抵不过病啊！"

"什么病啊，这么厉害！"

"听说是得了出血热了！"

"哎呦！传染上这病就活不了了！"

"……"大家都议论着。每每听到这样的议论，就好像又给自己判了一次死刑，我的生的希望就又渺小一些，我的心就再凉一点。

肉体的疼痛折磨着我，精神的无助煎熬着我，我每天都在治疗着又放弃着的摇摆中度过。

3. 救命恩人

要不说天无绝人之路，绝望之时，一位陌生的白衣天使从天而降，降落在我的病床旁。他姓张，大家都叫他张大夫，具体的姓名我如今已记不大清了，只记得他高高的个子，精干的身材和帅气的脸庞。他身穿一袭白大褂，手里拿着病历手册，淡定地来到我面前，轻声地询问着我的病情："陈世东，是你吧？"他对照着手中的名字。

"是的。"此时的我已无力说话，也没心情说话。

"这两天感觉怎么样？"他耐心地问着。

"能怎么样，这病……哎……"我感觉前方一片黑暗。

他了解了我的病情后，没多说什么，只留下一句"好好养病"，便转身走出了病房。

这是我第一次见张大夫，言语交流并不多，也根本没有想过他会在我生命中扮演了一个怎样重要的角色，没有他，可能我陈世东的名字早已被刻在死神的花名册上了。

当再见张大夫时，我依然情绪不高，他依然话不多："心情不好对身体恢复没有帮助的"。他的嘴角似乎挂着一丝笑。

"我得的是出血热，您知道这病吗？"我略带苦笑。

他定了一下，然后放下手中的病历，走上前，用手拍拍我的肩膀："我是这个病的克星，我来了，你死不了！"

我半信半疑地看着他，但还是仿佛被注射了一剂兴奋剂，心脏在抽动着，面部因激动也在抽搐着。

"真的吗？您能治好我的病？"我眼睛闪着希望的光。

"放心吧，你安心养病，一切交给我。"说完，便转身走了。

听到一番这样的话，比任何药都来得有效，我的气色似乎一下子好了许多。但我还是害怕，不，是更怕了，因为我怕抓住了一根救命稻草后，又忽然发现一切都只是幻觉。他是谁？他真的能医好我的病？团里会有这样医术高明的医生？万一只是为了安慰我？我又开始胡思乱想了。

私下里，我不自觉地向朋友打听着张大夫的情况，虽然我知道这样做不太好，但我已无法控制我的担心。后来听朋友说，张大夫原是师里医院的医师，医术高明，专治疑难杂症，治好了很多出血热的病人。后来因为生活作风的问题，才被下放到团里医院工作。听到这个消息，我的心如同一匹野马，挣脱开了被束缚的枷锁，感觉到了从未有过的动力,我知道,那份动力来自希望。

还清晰地记得张大夫一直给我注射着一种药,属激素类,他说,也许病好后,我会发胖,但也会是个快乐的胖子,不再被病痛困扰。可是,经受着病魔的折磨,怎么胖得起来,消瘦的脸庞,飘忽的身体,我像变了一个人似的。不过,几天后,在张大夫的精心治疗和无微不至照顾下,我的病情大有好转。待母亲从上海赶到医院见到我时,我的气色已经红润了许多,可以下床走动了。她老人家一路悬着的心在见到我的一刻终于放下了。

5. 母亲探儿

母亲出来一趟不易。我在医院养病,我的战友就用一辆破牛车拉着我的母亲到处走走看看,看看他的儿子生活和工作的环境。老人看到我在工作上顺利,生活上安定,她也就踏实了。现在看来,虽然车很破,但心情是轻松的,是幸福的。

平安地度过了危险期后,我的身体渐渐康复了,心情也跟着大好起来。领导安排我跟随母亲一起回家探亲,也好好调养身体。我带着一大兜的药跟着母亲一起回家休养。临走前,我思前想后,该如何感激张大夫的救命之恩,是他硬从死神手中夺回了我的生命,是他给了我重生。这份情我怎么还啊!

"张大夫,真的感谢您的救命之恩,我……"我激动得说不出话。

"这是我应该做的,我是医生,救人是我的职责。"他依然话不多。

"我这次回上海休养,您有什么需要的东西,我给您带点回来。"我拉着他的手感激地说道。

"什么都不需要,你把身体养好。"他笑着说。

临走前的交谈大多围绕着感谢的话,从谈话中无意得知,张大夫有个五六岁的儿子,于是我决定从上海回来给孩子带些玩具,我想给予孩子欢乐,是最好的感谢。

坐在回家的火车上,我默默地回想着病床上那一个月的时光,我感受到了从未有过的恐惧,也挑战了从没想过的死亡;但我更多的是感受到了一份份的温情和人性的光芒。

在病榻上的时光,我的战友,我的领导,我的亲人,还有素昧平生的医生,无不体现了人与人之间最朴实的交往。都说人是最自私的感情动物,但在那一段记忆中,留给我的只有人最真的本性,无私和关爱,奉献和真诚。

回到上海,我休养了一个多月,身体渐渐好起来的同时,也真的如张大夫所说,我臃肿起来。转眼间,我从一个弱不禁风的瘦子吹成了一个白白的虚胖子,我知道,这是张大夫注射的药物的副作用。但身体健康的我真的是个快乐的胖子,因为内在健康,外表就变得不再重要。

一个月后,我买了一堆东西作为礼物,虽然那时工资不高,但对于救命恩人,我愿意花掉所有的积蓄来感激他,烟、糖、积木、卡通玩偶等等,只要钱够,就继续买。就这样,我提了一大兜子的东西踏上了回程的路。

当我再次见到张大夫,他看到我健康的身体,高兴得合不拢嘴:

"看到你康复了,我很开心,我挽救了一个才子啊!"

"张大夫,没有你,我可能现在已经没办法看到这个世界和我爱的人了。"我递上了带来的礼品,说:"这是一点薄礼,略表心意。"我满脸洋溢着阳光。

张大夫接过礼物:"我替孩子谢谢你了。"

领导和战友看到我健康回来,也都高兴极了,大家为我庆祝,庆祝我的回归,庆祝我的重生,大家都说这种大难不死的人,必有后福。借同事们的吉言,真的,我的后福不浅呢……这是后话。

本以为人生如戏,剧情顺利,
却不想生命的岔路口竟出现在这里。
向左还是向右,
仿佛掌舵的并不是自己。
也曾迷失,也曾放弃,
也曾不认识前方的路在哪里。
感谢上苍的怜悯,
感激陌生的白衣,
有些事可以靠努力,
但有些却是命中注定……

第4集　麦浪里的姻缘

2013年央视的蛇年春晚上，有一首歌，让我印象深刻，叫《风吹麦浪》。

远处蔚蓝天空下，涌动着金色的麦浪；
就在那里曾是你和我，爱过的地方。
当微风带着收获的味道，吹向我脸庞；
想起你轻柔的话语，曾打湿我眼眶。
啦啦啦……

这样的歌词伴着炮竹声声，伴着欢声笑语，让我的思绪有些飘离，看着电视里那个耀眼的大屏背景，金色的麦浪随风舞动。不禁联想起自己那段平凡而浪漫的爱情，也曾在金色的麦浪里跳动着光芒。

1972年初，我的身体完全康复了，精神焕发，工作如常地开展着，我依然是团里的知名人物，无人不晓。大家赠送了我一个外号，叫"大马列"。原因是我马列的著作看得比较多。一些重要章节脱口就能讲出来,再加上会写文章,会教思想等等,也算多才多艺了,很多人都会向我投来钦佩的目光。

团里同样呼声很高的还有一位,叫孙玉萍,以美貌多才著称,团里三支花之首,据说身材窈窕,貌美如花,是团里宣传股的广播员。就是这样的一位奇女子,没想到成为我的夫人,如今每天都陪伴在我的左右,成为了我生命中最重要的女人。

孙玉萍不是一般的女孩,父母都是抗日战争期间参加革命的老干部,新中国成立后国家为这些老干部提供了不错的住宿以及生活条件,玉萍就生活在这个条件优越的家庭中。由于父母都是老干部,对她的家教很是严格,虽然条件好,但教育上从不放松,所以她出落得

夫人赴建设兵团前留影

与其他女孩不一样,气质高贵,知书达理,没有半点娇气的恶习,虽然也是父母的掌上明珠,但因为是老大,所以从很小就学会了照顾弟弟妹妹,处理家务事,这些都给我以后幸福的家庭生活做了铺垫。

孙玉萍是北京知青,初到团里就立即引来了很多人的关注，我也是众多"粉丝"中的一名。记得第一次见到这位传说中的大美女，是在一场乒乓球活动上，她梳着两条小辫子，肤如凝脂，眼同水杏，唇不点而含丹，眉不画而横翠，穿一身藏蓝色的衣裤，正灵巧地挪着小步子，与对手战球战得激烈，汗水顺着她纤长的玉颈打湿了衣衫，那不服输的劲儿还真是让我看得有些出神。我远远地望着她，一会儿觉得像是看见了不食人间烟火的仙女，一会又看成是偷跑到凡间的精灵。我感到一阵晕眩，阳光照着我的眼，我没有办法把视线从她的身影上移开，那一瞬间，我感觉到，我跑不掉了……

只是因为在人群中多看了她一眼，就再也无法忘记她的容颜。从那天起，我就像着了魔似的，总感觉一股无形的魔力在吸引着我，我每时每刻都想见到她，见到那对小巧可爱的小辫子。虽然我自信自己条件不差，但还是会不自觉地怀疑自己，这样的一枝花我是否有机会采摘下。

千万个思念，每天都在空气中凝固着，散发着，我忍受着期待的煎熬，每一分，每一秒。我暗暗下决心，我要得到这个女人，让她成为我的妻子，可是她知道我吗？会注意到我吗？我该怎么接近她？

有一种虐恋叫迟疑不前，

那颗心就徘徊在悬崖边，

稍稍多迈一步可能会掉入万丈深渊，

可稍稍退后一步,
又会让自己如万箭穿心,深陷泥潭,
但也有种无形的力量叫爱,
它可以指引你打败所有的犹豫不决。

　　我整夜整夜辗转难眠,努力思考着,究竟该怎样才能走近她。看来要想引起她的注意,就必须借助自己的先天优势熟读马列。于是,从那天开始,我真正体会到了什么叫知识改变命运,我就是凭借着知识渐渐开始走进了她的生活。也许这就叫做天赐的姻缘,挡也挡不住,事态总会站在有利于你的一边。还记得第一次叫她的名字,第一次坐在她的身边,第一次嗅到她的发香,第一次认真地教她马列……无数的第一次都在一步步拉近我和玉萍的距离。就这样,我们开始熟悉起来,几乎每天,我都要和她以及几个关系好的女战友一起学习,虽然没有和她独处的时间,但我知道,我所讲的一切都只对着她一个人讲,我所写的每个字都只为她写。日子一天天,熟悉的寒暄、熟悉的嬉笑打骂、熟悉的学习氛围,一切都似乎那么熟悉了。快乐的日子总是过得飞快,可似乎她还站在原地,无论我怎么靠前,她都会用她的方式维持着原有的规则,这让我明白,我们只是战友,要好的战友。

　　这样蒙着窗纱的关系,让我越发煎熬,看着别的男人走近她,看着别的男人追求她,看着别的男人照顾她,我竟找不到上前阻止的理由,因为我的身份很尴尬,于是我一直在寻找着撕下那层纱的机会,我不能再等了。

还记得那天,我没有一刻不留心着玉萍广播室的门。外间是话务室,里间是广播室,门开开关关,似乎没有看到她娇小的身影,只见话务班的女孩出出入入,花枝招展,欢声笑语。

"难道玉萍不和那群女孩去看电影吗?"我心里暗暗地想。

那天团里放电影,大家都结伴去看电影了,三三两两的,就是不见玉萍。我一边想,一边又开始关注着那扇门。终于,门安静了,不再有人出入了,可还是不见玉萍,我有些担心,于是,我决定打个电话过去,问问她的情况。

夫人赴建设兵团前留影

拿起电话的一瞬间,我仿佛触电一般,感受到了从未有过的紧张和不安,"哐"得挂掉电话,我徘徊着,"啪"得又拿起来,我发抖着。就这样拿起了挂,挂了又拿,我问自己,接通了我该说些什么?我默默地在心里打着草稿,又默默地抹去重新组织词句,我觉得我的神经快要绷断了。

"喂,接哪?"银铃般的声音,如玉珠落玉盘,滴滴落入我的心房。

电话接通了,玉萍因广播值机,还替战友当起了话务员。她杏面桃腮,唇色朱樱一点,用纤纤玉指熟练地操纵着电话转线台。

"我是陈世东。"表面上很镇定,说话很流畅,其实内心早已排山倒海,卷起了狂风大浪。

"哦,你接哪?"她话语坚定中夹杂着害羞。

"我就找你!"我用尽全身的力气抑制着内心的激动。

"有事吗?"她很平静。

"……"令人窒息的沉默,我要窒息了。

"我……我能不能跟你交个朋友?"我感觉有点语无伦次,希望她能明白。

"不行,绝对不行!"她一下子显得情绪激动起来。

我还没来得及开口,一切就好像已经结束了。

我慌忙改口:"我说的朋友不是男女朋友,是纯洁的政治朋友!"似乎更加语无伦次,我极力地掩饰着自己的情绪。

"政治朋友可以,其他不行!"她坚定地说。

后来聊些什么我已经完全不记得了,因为当时的我有些失落。但是,从那个电话后,我没有丝毫地泄气,反而更加喜欢上了这个单纯率真又有点傻气的女孩,也坚定了我要得到她的信念。以后,每每休息时间,我就会到玉萍的办公室,给那些女孩讲故事,其实,只是为了讲给玉萍听,目的很直接,也很单纯。讲的故事内容大多围绕鬼啊怪啊，还有神，看到玉萍害怕的样子，心疼之余还有疼爱，真想上前把她拥入怀中，告诉她，有我在，别怕。可是，目前的我还没有资格。即便如此，只要每天能远远地注视着她，我还是会高兴得一天都合不拢嘴，我想我是得病了，这种病无法治愈，无药可医，叫相思病。

　　对于玉萍来说，她并不知道我对她的感情，还真的如我所说，她只把我当做了纯洁的政治朋友。她跟我学习马列，每天呼朋唤友的帮我誊抄读书笔记，虽然我也很开心，但那种开心总还是欠缺些什么，因为她的心始终和我有一段无形的距离。有时候，我多么想再向前迈进一步，哪怕只是一小步，约她出去聊聊理想、谈谈生活，但都被她拒绝了，她好像始终都绷着一根弦，生怕弄乱了我们之间应有的关系。我不敢太过靠近，也不想走得太远，只敢静静守着她。

　　无意间听说玉萍要回北京探亲了，听到这个消息，犹如五雷轰顶，我仿佛整个人被浸入水中，透不过气。怎么办，她这一去就是一月有余，我们好不容易熟悉的关系会不会因为什么意外而又重新回到原点？我们的故事会不会因为长久的别离出现完全不一样的结局！一想到那么久都没办法看到我日思夜想的脸庞，我感觉整个人都不安起来，我坐不下，站不住，我感觉身上有万千虫子在啃咬；我不安，我惶恐，我感觉呼吸道好像被什么堵塞了。我要怎么办？我还能做些什么？不行，我必须要做些什么，我暗暗地给予自己鼓励。

"孙玉萍,听说你要回北京探亲?要回去多久啊?"我找到玉萍,装作若无其事的样子问她。

"嗯!大概一个多月吧。"玉萍笑得还是那么安静。

"……"我突然梗住了。

下面我应该说什么呢?我紧紧地攥着拳头。

我又开始努力地打起草稿:"你回去我会想你的……哎呀!不行!太直接了,她会生气的……可是不说这些,我还能说什么让她明白,我思念她呢……"

一时间,我的大脑好像锈住了,我换了无数种说法,可最后都没能通过大脑的最终审核,从嘴里传递出去。

"哦,那你一路顺风,好好照顾自己。"我内心狠狠地骂着自己,憎恨自己的懦弱,最后竟然冒出了这么一句具有明显政治朋友标志的话。

"嗯,谢谢,我会给你写信的!"玉萍天真地看着我,笑容在阳光下显得更加迷人。我一阵晕眩,仿佛思绪一下子被带离到梦境中:在梦境里,玉萍俏皮地抓着我的手,亲昵地称呼我世东,害羞地投进我的怀抱,说会想念我……

"大马列,你想什么呢?"玉萍的一句话一下子又把我拉回到了现实。

"哦!没什么,写信好,写信好,说到可一定要做到!我等着你的信!"我满足地看着她明亮清澈的双眼。

从玉萍走后的第一天开始,我的相思病就更严重了,我焦急地等待着她的信,每每有人到办公室通知拿信,我的心都会激动地"怦怦"直跳;但没有听到我的名字时,我又会像被一桶冰水从头浇到脚,凉透心扉。就这样,等啊等,没有;等啊等,还是没有,从希望到失望,又从失望到再度充满期望……

"玉萍会不会太忙?"我安慰着自己早已受伤的心。

"玉萍会不会生病了,写不了信?"我胡思乱想着。

"玉萍寄出的信会不会被搞丢了?"我开始转移可能性。

就这样,日复一日,大半个月过去了,玉萍依然杳无音信,我开始焦躁起来。我起身一头冲出门外,任汗水打湿衣衫,任泪水模糊双眼,我气喘吁吁地冲到收发室问:

"最近有没有我的信?"我急切地等待着所有可能的回答。

"陈连长啊!您等等,我看看。"勤务员熟练地查看着一摞信件。短短几分钟,我竟恍隔数年。

"没有!"好刺耳的回答,就像一股巨浪击破我的耳膜,我感觉到了一阵巨痛。

"没有","没有","没有……"勤务员的话不停地回响在我的耳边。难道玉萍真的没有给我写信?她答应过我的。即便如此,我依然没有放弃希望,我始终相信她会给我写信,我等着。

我在收发室找了团长的勤务员小常让他注意着,一旦有给我的信,第一时间通知我来取。

但是直到一个月过去了,我依然两手空空,没有收到任何玉萍的消息。

没几天,玉萍从北京探亲回来了,见到她的一瞬间,我怨气全消,竟对她生不起半点气来,她依然美丽,依然容光焕发,不对,似乎比走之前更加让人心动。她笑着看着我,然后害羞地递给我一套书《中国通史》:

"大马列,知道你喜欢看历史,这套书送你。"她站在我面前,让我意乱情迷。

"谢谢你……"我激动得说不出话,不管她有没有给我写信,但总之她是惦念着我的,我用颤抖的双手接过这本厚重的书,仿佛交替之间触碰到了她纤长的手指,感受到指尖传递过来的一瞬温柔。

"大马列,我爸妈也听说你了,他们说我们可以做政治朋友,但处对象不行哦!"她率真的样子,我很喜欢,但直白的话语,让我很是心凉。我明白,她的话语是在委婉地提醒我,我可能配不上她。是啊,抛去冲动和虚幻的爱情,我还能拿什么来爱你?理智的想想,她的家庭条件、个人魅力以及工作能力都值得被一个更优秀的男子拥有,我算什么呢?普通的家庭条件,普通的外貌,普通的职务地位,跟她相比,我也就只剩普通了。我的自信有些受到打击,我的斗志有些消极。我开始反思自己,我是个有尊严的男人,我不能因为爱情抛弃自信,如果今生无缘,我只好来世祈祷生就一副配得上你的躯体。我决定,还是退回到原地，把玉萍当做最特殊又最重要的政治朋友吧。

往后的日子中，我和玉萍在一起，我都极力地克制自己的感情，尽可能地把她看做妹妹，看做朋友，但每每听到别人议论她与家乡的表哥已定娃娃亲的事实，我还是会莫名地心痛，莫名地伤心，我刻意地躲避着一切关于玉萍的话题。

听说玉萍在北京有个表哥，因为和玉萍年龄相当，所以家里就撮合二人定了娃娃亲。玉萍单纯天真，并没有把此门亲事当回事。但我明白，家庭的阻力，是我无论如何都无法逾越的一道河堤。我嫉妒、愤恨，也无助，我的放弃是多么地不甘和无力。

就这样，近一年过去了。团政委张锡岭十分看重我的才情，决定带领我一起到十连就职。那时，我知道，也许这就是我和玉萍的最终结局，她不属于我，我真的要失去她了。还记得那时，妈妈正好从家乡寄来的鸡蛋挂面，这么宝贵的东西我怎舍得吃，我能想到的就是在临走前，送给我亲爱的玉萍。我拿着两卷鸡蛋挂面，拖着沉重的步子，推开广播室的门——这个日日夜夜都牵动着我心的门，撕扯着我感情的门，为什么这么坚硬，为什么无论我怎么用力，都没办法推开它！我不停地抚摸着门板，满含着泪水默默地推开了它。办公室没有人，我掀开盖在广播操作台的大红布，用手抚摸过每一个玉萍曾经推过的按钮，上面似乎都还留有玉萍那迷人的气息。我把那仅有的两卷鸡蛋挂面轻轻地放在操作台上，然后坐下，拿出笔，深情地写下了留给玉萍最后的话语："玉萍，我要跟随锡岭政委到十连去了，也许以后见面的机会就少了，广播台上的两卷鸡蛋挂面是我母亲从上海寄过来的，你记得吃。希望你照顾好自己，搞好广播工作。——世东"

简短的一张字条，没有任何感情的流露，我只希望我的玉萍好好的，没有我在的日子，依然活泼开朗，依然健健康康。我掀起红布重新将操作台盖上，然后转身离开了，这一转身，不知道还能不能有回头的机会了。

就这样，我跟随张锡岭政委到了十连。那里的工作依旧冗繁，我每天都疯狂地工作着，希望用忙碌忘掉所有的伤痛，忘记玉萍的身影。每天晚上我都会打开皮夹子，看看曾经从玉萍手中夺过的照片，叹息声伴着我入眠。一晃又是几个月。惊喜总是来得太突然，快乐总是乍现在一瞬间。那天，我突然接到一个电话，那头的声音熟悉到令我透不过气：

"陈世东，你赶紧回来一趟！"玉萍操着命令的口吻说。

"你还好吗？出什么事了？"我没想到她会来电话。很激动，也有点担心。

"你赶紧回来一趟！"玉萍再次命令我！

这命令式的口吻与玉萍温柔的外表不相统一，我有点困惑了，但对我来说，玉萍的话就犹如天降圣旨，我怎敢有丝毫犹豫？于是放下电话后，我就借了一辆自行车，一路骑着赶着去见玉萍。

  虽然刚刚下过雨，路泥泞不堪，但我丝毫不在乎，我只是畅快地呼吸着，脚步都变得轻盈了许多。我能嗅到空气中夹杂着的青草与泥土的芳香，沁人心脾；我能看到雨后的太阳慢慢越过群山，耀眼辉煌的射线窥视着天上的云儿。我的心情如雨后春笋，伸了个懒腰，然后快乐地歌唱。玉萍的一通电话给了我无限的力量，我愿赴汤蹈火，跋山涉水去见她。不过，路真的不好走，坑洼不平，颠颠簸簸，下过雨后就更难走了，一个个水洼让我的交通工具根本不听使唤，无法前行。于是，画面就变成了，在干点的路上我骑车，在泥泞的路上车骑我。就这样，我疲惫不堪地赶到了玉萍面前。

  再见到玉萍，我再一次怦然心动，她还是那么美。不知为什么，她站在雨后的蓝天下，就如同美丽的彩虹，美得让人不舍得亲近，看得人心旷神怡。

  "大马列，我想考大学，你帮我补习！"她倔强地抬起那张清秀的脸。

  "考大学好啊，补习没问题，但我有个条件！"我半开玩笑地回答，对我来说，这是个机会。

  "条件？还要条件啊？"玉萍手抓着小辫子，嘟起小嘴，迟疑地看着我。

  "找人帮忙，哪有不谈条件的！"我继续攻破着她的防线。

"……"她低下头，沉默着。

"你得答应和我谈朋友！"我终于说出了口，那一瞬间，累积了那么久的压抑感一下子得到了释放。我深情地看着她那双黑葡萄似的眼睛。

"不行！"她又一次无情地拒绝了！"你要不帮就算了！"她转身要走。我慌忙拉住她："跟你开玩笑的，不行就不行嘛，我给你补习。"这一次的表白，我又失败得彻头彻尾，刚刚痊愈不久的心再一次受了重创。

就这样，这次我和玉萍的感情又画上了句号。我回到连里继续工作，心情又像跌入低谷，像重新回到了监狱继续服刑。

很快，半年多过去了，我又被调到了十八连工作。虽然距离不远，但总感觉我离玉萍的距离更远了。工作照旧，但生活却出现了新的岔路口。

连里的卫生所有个姑娘叫陈小姐，也是上海人，是一名卫生员，个子不高，皮肤黑黑的，虽然称不上是惊艳之美，但也算是五官端正。我知道她对我的感情不一般，但由于我心中已被玉萍占据，我一直对她提不起精神。她对我极其的好，平日里无微不至地照顾着我的生活，帮我洗衣服，给我端饭，总是嘘寒问暖。男人再坚硬的心也顶不住这样的温暖，再加上自己的年龄也不小了，该考虑婚姻了，于是，我决定试着接受这个善良的姑娘，试着忘掉我梦中的玉萍。当我俩的恋爱关系确定不久后，我们就相约一起回上海见见双方的父母。

　　婚姻总是让人头疼的问题，都说不以结婚为目的的恋爱是耍流氓，但以结婚为目的的恋爱一旦涉及家庭又会严重受到创伤，我想这也是很多不耍流氓的情侣最终也会面临两散结局的原因。我跟她一起见过双方父母后，她就跟我提出了分手，原因很简单，也很现实，嫌我家庭条件不够优越。又是家庭条件，我顿时想破口大骂这种势力的价值观，蔑视这样世俗的眼光。可是现实就是现实，我们无权干涉别人的思想和选择。我想也许注定她只是我生命中的过客，因为我的父母和外婆也同样极力反对我们之间的关系。

　　正如林语堂所言：

人本过客来无处，休说故里在何方，
随遇而安无不可，人间到处有花香。

　　人的命运不是在于无可奈何的选择，而是在于选择了之后，如何去面对和走完这条路。是啊，既然我与苏荣无缘，又何必强求，我毫不犹豫地答应了分手，决定继续等待生命中真正属于我的真爱。

　　近半年的恋情让我有些受伤，但我堂堂一七尺男儿怎会因为儿女私情就此沉沦。我依然在十八连每天疯狂的工作，过着平淡的日子。夏季的闷热让人的心情更容易烦躁和沉闷,直到有一天,一股清风吹进了我的生活,我再一次看见了希望。还记得那天,玉萍兴高采烈地拿着书本来找我。经过了路程的颠簸,虽然脸上被沾染了一层细灰,但依然让我觉得眼前一亮,她就像一束光,一下子就冲破了我内心的黑暗,让我尘封已久的心再次被唤醒。我的内心就像被上足了弦的八音盒,又重新旋转起来,歌唱起来。失而复得的感觉让我倍感珍惜,我表现出了异于平常的兴奋,我买了新毛巾,新脸盆,为玉萍打水洗脸,给她板凳子让她坐下……似乎想把这么久对她的思念都通过行动告诉她,我激动得顾不上她的害羞,急于抓住她的手告诉她我有多想念她:

"玉萍……"我用手试图去触及她的肩膀。

"你干吗啊?"她敏捷地闪躲开来,本能地坐得离我更远了一些。

我忽然被这个小小的动作惊醒了,我们还只是普通朋友。顿时,一股莫名的失落感由心而生。

往后的日子,我经常给玉萍辅导功课,独处的时间渐渐多起来。我依然偶尔约她出去散步、谈心,她依然果断拒绝。就这样,我们以朋友的身份僵持着。其实我知道,此时的玉萍对我一定不那么排斥,说不定在她小小的心里,我已经占有一席之地,当然这只是我的猜测和一种"侥幸"心理,关系的不明确依然是我最揪心的事情。直到有一天,我用行动战胜了现实中的距离。十一连的冯连长送我几个大大的鹅蛋。那时候的生活条件，能吃上鹅蛋真的不容易。可是，我怎么舍得自己享用，我内心惦念着我心爱的玉萍，我决定亲自给她送过去。怕磕破，我把棉毛裤的裤腿用绳子扎起来，然后将鹅蛋一个个装进去，跨上自行车，兴高采烈地再次踏上了漫漫崎岖的路途。道路依然颠簸，我整整骑了快一个小时。行进之中，生命中第一次遇到了狼，回想起那瞪着的凶神恶煞的双眼，至今仍然令我恐惧。当时的我被吓破了胆疯一样地蹬着轮子，生怕一松劲就会沦为狼的一顿美餐。现在想想那时的自己真是为了爱情不顾一切。不管怎么说，我的努力和拼命没有白费，我把鹅蛋成功地送给了玉萍，她为此感动万分，心似乎也被我融化了一点，变得柔软了，我仿佛能从玉萍的眼中看到一丝丝温柔的情愫，我觉得，她应该不会再拒绝我了。

还记得送鹅蛋后的第二天，我再一次向玉萍发出了邀约，约她出去散步。很意外，玉萍答应了。我欣喜若狂，简直不敢相信自己的耳朵。我无法平息自己，感觉自己的心像要跳出来一般，徘徊、流浪却找不到出口，涌动出的激动情绪里充斥着快要胀满的一团团热热的气流，我觉得我快忍不住要跳起来了！但为了维护我绅士的形象，我克制着自己快要满溢出来的热情。

我们一路慢慢地走着。我试探地触碰到玉萍的小手，尽情感受她的温柔；我多么希望这条路长长地延伸下去，让我们不受打扰的行走。不知在什么时候，我们已经走进了一片属于自己的世界。站在田埂上，漫天的金黄色填满了双眼，天地之间一瞬间仿佛被照亮了，我的心也跟着亮了。我呼吸着夏日里独特的气息，感受着微风拂面的柔情似蜜。又不知在什么时候，我已经握住了玉萍的手，看着她双颊泛起的微红，我觉得我要醉了，就醉倒在她的怀里。一点点携着暖意又裹着湿润的风吹过，一层一层的麦浪，折叠着，翻卷着，犹如金色的长发，扫过我们的脸庞，柔软、坚韧，随风舞动，那气息、那温度，似乎一切都刚刚好。我和玉萍闭上眼，仿佛听到了一段大地的呼唤，嗅到了一丝爱情的甘甜。如果时间可以就此定格，我愿意用整个生命去换。是啊，"玉萍，我爱你爱得好辛苦，爱你爱得又那么幸福，拉着你的手，就仿佛拉着我的整个未来。"我无数次的在内心呐喊着。

　　我转身看向玉萍，她微微低下了头，那害羞的样子，让我更加无法压住内心的火焰。玉萍长长的睫毛遮住了她的眼睑，那无辜的样子让我心乱如麻。我用手轻轻地放在了她的双肩上，她越发的害羞，我不顾一切用力地把她揽入怀中，像要用整个生命将她包裹在我一个人的世界。玉萍没有反抗，也没有拒绝，我是多么的沉醉。"玉萍！玉萍！"我内心狂烈地呼喊。抱着她，我的双手似乎不再听我的使唤，如同捧着一个珍贵的宝物，抱得太紧会弄疼了她，抱得太松，会再次丢掉了她。我感受到了两人剧烈的心跳，仿佛快要冲破心房,冲出咽喉;我感受到了紧张的汗水顺着发丝打湿了衣衫。我用手抬起玉萍的头,她依然不敢正视我,我迫不及待地低下头压住了她的唇,她的身体有些僵硬,微微的反抗在刹那间被我的柔情融化,爱情在这一刻,在这一瞬间包围了我们的身体,流进了我们血液,扩散到了整个金色的麦田。这一天是我和玉萍之间爱情的真正起点。

看似无声的表白已经在我们之间传达,我们的爱情似乎也已经走向正轨,开始萌芽开花,虽然玉萍自始至终都没有说过爱我,但我已经知足,因为她的不拒绝就是对我最直接的爱的表白。之后,我们开始了正式的恋爱。

追玉萍我用了近三年的时间,但一切都是值得的,因为她一直都是我的一个梦,我的梦实现了。但还是那句话,爱情不是两个人的故事,而是两个家庭的故事。恋爱关系确立后,玉萍回了一趟北京探亲,把我们的关系告诉了她的父母,然而,我依然不幸,被双亲严格控制在女婿的范畴之外。即使我找了我的领导特意赶去玉萍家帮我说情,但结局依然残酷。玉萍的父母为了不让玉萍和我来往,控制了玉萍的书信和自由,甚至想办法让玉萍回北京,不再与我联系。我知道,一定又是因为我的家庭背景,这次的我不能再坐以待毙,我一定要想办法让他们二老答应。于是,我给玉萍写了一封信:

197

玉萍：见信好。我很想念你，不知你在家里是否一切顺利？无论什么情况，我们已经登记，永远是恩爱的夫妻……

——世东

信中具体写了什么，我已经记不太清楚了，只记得我使了一计，骗玉萍我们已经登记，不能让她有丝毫的犹豫，这次我一定要胜利，我不能再承受失去她的痛苦了。我知道这样也许不好，但我别无选择，我知道玉萍只有嫁给我，我才能有机会证明自己的爱，才能有机会给她一生的幸福。玉萍在接到信后，竟傻乎乎的信以为真，真的告诉她的父母，我们已经登记，是合法夫妻。二老虽然心有不甘，但还是通情达理，最终决定接受了我这个女婿。

这些如今讲起来，感觉轻松了很多，但在当时，我真的害怕，害怕再一次的失去。

后来，玉萍的二叔把我们调到了山东聊城。我们在那里工作顺利，生活安逸。至此，我和玉萍开启了新的人生旅程。再后来，我们就结婚了，她真的成了我的妻子，未来在生活中剧情竟发生了惊人的反转，她照顾我胜于我照顾她，她为我做得更多。感谢生命中的不期而遇，感谢爱情道路上满满的荆棘……

你像天使降落人间,

我的生命开始了遇见。

金色浪里,金色的从前,

你我在金色里被成全。

牵手的一瞬间,

仿佛再多的泪水都不会再咸。

如果可以重复地回演,

还是那一天,

第一次拥抱你的瞬间。

我知道,我们已经慢慢步入晚年,

我也知道,终究有那么一天,

我们都会离开人间,

但不变的是我对你永远的迷恋。

亲爱的,

我会永远守着你,

和你一起度过生命中的每一天,

我会永远爱着你,

从白昼到黑夜……

随笔春秋 Sui Bi Chun Qiu

第5集 忆 张 茅

　　1976年，对于中国来说，可谓灾难深重。中国三位伟人周恩来、朱德、毛泽东相继逝世。当人民还深陷在巨大的悲痛中时，河北唐山深夜又发生7.8级大地震，死伤惨重，经济损失巨大。这无疑是雪上加霜，地动山摇似乎要将整个中国大地掀翻过来了。但值得欣慰的是，这一年又是改变中国命运的一年，因为，在这一年里，中国结束了十年文化大革命的浩劫。

　　由于十年文化大革命造成了严重的负面影响，致使这种负能量不仅存在于文化、文明，甚至也直接扩散到了经济领域，严重冲击了正常的经济秩序，中国经济一度萧条，萎靡不振。没有经济，又何谈发展？于是，在粉碎"四人帮"后，被打倒的邓小平复出，提出了全面整顿国民经济的混乱状态，系统纠正文革的错误。当时很多部署在三线的国有工厂都急需新生的劳动力，中央决定，石油部、机械工业部、林业部可以招收一批孩子到三线工厂工作。这是一次机会，也是一次挑战。当时，我的岳父在机械工业部工作，所以有幸争取到了一个去二汽工作的名额，我跟夫人玉萍商量后，最终决定还是我去。

1976年1月7日，我从北京带领17个和机械工业部有关系的孩子转插入户到湖北第二汽车厂，这标志着我将开始我的另一个人生新阶段。刚到汽车厂的第二天，也就是1月8日，一个噩耗传遍了全中国，我们敬爱的周总理逝世了，享年78岁，中国失去了一位卓越的领导人，巨大的悲痛笼罩在中国大地的上空。我们二汽的广播站当天转播了这一消息。听闻此讯，我无法抑制住泪水的涌出，任它敲打着我内心的伤痛。那天，我们集体面朝北方，沉痛的为我们的好总理默哀，向他表达内心最崇高的哀悼和敬意。这是我到了二汽之后第一件令我伤心欲绝的事。

巨大的悲痛，总能教会我们如何勇敢，如何站立。灾难就像黑夜，给了我们无穷的恐惧，能不能走出去就在弹指一挥间。上天在为你关上一扇门时，也总会细心的为你打开一扇窗，考验着你能否越过恐惧找到光明的出口。那时的中国什么都很落后，但坚强的人民却能够勇敢的在满目疮痍下寻找生的出路。

几天过后，我有幸被分配到政治部宣传部工作，我的人生中出现了一盏指明灯，为我后来的前行照亮了方向。她就是我的直接领导张茅。

说起张茅，直到现在我依然习惯喊她主任。她是原机械工业部部长、原中顾委常委饶斌的夫人。我和张茅主任的认识来往是在1976年至1979年期间，当时她任湖北第二汽车厂政治部主任，1979年调回北京后，任商业部政治部主任，在我心中，她是我永远的主任。初见张茅主任，印象最深的还是她那双葡萄似的黑眸子，水汪汪的，身材匀称，仪态不凡，气质高雅，本以为和这样的女子会有距离感，但令我意外的是，她并不自恃孤傲，那份亲切感能让我不自觉地忽略掉紧张和生疏。

说到张茅主任，就不得不提鼎鼎大名的汽车之父饶斌，他与张茅主任是夫妻，时任二汽厂的厂长。年轻时候的饶厂长英俊潇洒，气宇不凡，与张茅主任称得上是一对儿才子佳人。初到二汽厂的我，对环境很是陌生，二位的悉心照顾，让我很快适应了那里的工作。

1976年4月5日，在我刚到二汽厂工作没几个月，"四五"天安门事件爆发，这是一次反对"四人帮"、否定文革的全国性的群众非暴力抗议运动。很快，这次运动的影响波及到全国上下，二汽厂也未能幸免，我的工作环境似乎一夜之间全乱了套，到处是标语，到处是口号，造反派应声而起，闹着要打倒饶斌。鉴于当时全厂严重混乱，饶厂长在不得已的情况下，只好借口身体不适，出走避难，入住上海华东医院。眼看动乱的大环境越来越糟，我的思绪凌乱，如同结了一张网，每天紧张的心情被那张网越网越紧，直达心脏，不时隐隐作痛。

还记得那天，当时的二汽总工程师陈祖涛（其父为红四军政委陈昌浩）紧急找我说："小陈，有些紧急情况要向饶厂长汇报，你拿着我的信去上海跑一趟，找张茅主任。"

刚接到这么重要的任务，我顿时感觉身上被压了一副沉重的担子，紧张得不知所措。担心一股脑涌上心头，万一没记住，漏掉了什么重要的信息可怎么办？万一紧张，汇报错了内容会有什么样的后果？我冥思苦想，尽量让自己平静下来。任务来了，总要想办法把它完成好。就这样，根据陈总的指示，我快速地收拾了行囊和汇报的资料赶往上海。当再一次见到张茅主任，她依然高贵，岁月似乎绕她而行，并没有在她脸上留下任何痕迹。临行前的紧张好像随着她的一笑，也变得烟消云散。任务进行得很顺利，一切都井井有序，来之前的胡思乱想看来有点多余。向主任汇报后，我如释重负，能够出色地完成任务我感到很开心。张茅主任的亲切感，总是能让人忘记慌张，忘记不适。印象中到上海汇报的任务我总共执行过两次，还好都完成得不错，张茅主任也对我的表现赞赏有加，并相信我这样一个有闯劲的青年，日后必成大器。直到今天，我都打心眼里感谢她的信任，感激她的赏识，她的激励也一直是我奋斗的动力，每当想起她对我的期望，我就从不敢有丝毫的松懈，因为我知道，一直有双眼睛在看着我，看着我一步步踏实地走向事业巅峰。

在二汽的日子，除了事业，还是事业，我每天闷头地工作着。但工作之余，最让我挂心的还是与我一直分离着的妻子，如何夫妻团聚是除了工作之外，我唯一烦心的事。但我就是这么幸运，就是这么如意，一个北京户口的指标意外"送"到了我的手里。争取户口的过程整体很顺利，党办的周科长帮我争取对调指标，宣传部李效时副部长帮我协调对调手续，一切都按部就班，进展顺利。感谢他们给了我这样的惊喜。但高兴之余，我还有一件心事，就是这次的离开，不知何时还能再见着张茅主任和饶斌厂长，这一别，又何时还能相聚？可天下无不散之筵席，为了夫妻团聚，我必须暂时离开，待到有天，我会重返这里，看望所有对我有恩的人们。再见了，爱我的人和我爱的人……

就这样，我离开了第二汽车厂。1977年底，我如愿回到了北京，与我的爱人团聚。真的是天意，1979年，饶斌竟被调任为商业部政治部副主任。我和饶厂长两年后又在北京相聚，只不过他已经不同往日，是另外一个身份了。再次相聚的心情简直无以言表，我高兴得夜不能寐。与饶厂长，哦不，该称呼他为饶斌部长了！与饶部长同在北京的日子，我们经常小聚。闲暇之时，我会常去小雅宝胡同，去看望他们夫妻俩，也会常常聊天聊得忘记了时间。还记得主任的孩子们分别叫延风、饶刚、饶强，我也会和这些年轻人谈笑，他们虽然年纪轻，却很有思想，我们也能谈天说地，聊得甚欢。有时候赶上饭点，主任还会热情地留下我和他们一起共进晚餐。

生活就是这样，过久了，容易被琐碎和重复磨掉斗志。我是个喜欢挑战和自由的人，所以总希望能够在工作中也寻找到那份身体和灵魂的共同自由。我想找份有挑战的工作，可在那个年代，工作岂能容许跟随自己的心而选择？于是，我就想去求助张茅主任。还记得那天，我怀着心事找到张茅主任，有些忐忑，有些慌张。忐忑的是，不知道主任会不会帮我，慌张的是，我这样冒昧地提出安排工作，会不会太唐突。见到张茅主任，我如沐春风，虽然缓和了些紧张，但说话还是会不自觉地支支吾吾，我小心地说道："张茅主任，我有点心事，想跟您说说。"一边问，一边略有紧张地笑着。

主任倒显得轻松，高兴地说："快坐快坐！怎么了？有事说！"

"我想找您帮忙安排个工作……"一说出口，那股紧张感似乎一瞬间加倍了。

时间好似静止了，呼吸好似凝固了。虽然短短几秒，我却好像感觉过去了几个世纪。

主任想了一下说道："商学院教政治如何？"

这份工作虽然很好，我也有经验，可却离我的梦想有些远，我该怎么回答呢？我能不能大胆地表达我的想法？思想在一时间斗争了起来。

"主任，搞政治宣传我确实有经验，也干了很久，可不瞒您说，假、大、空的东西太多，我不太感兴趣。"在拒绝了主任的提议后，我咽了下口水，心中默默责怪自己，真是胆大包天，给你安排了工作，竟还挑三拣四，但我依然硬着头皮继续说。

"我想我能不能到机械工业部搞些营销工作？趁年轻，还能闯，想有些新的挑战！"我迫切地表达着意愿。

主任若有所思，想了一下说："那你要问问老饶了，看他支持你不？"

我不做声，紧张到手心全是汗。

"这样吧，你自己给饶部长写封信，看他怎么说。"主任站了起来。

"好好好"我不住地点头，心中一块大石头落了地，瞬间，我感觉周围的空气都变得不一样了，带着丝丝甜意。我身轻如燕，感觉自己一跳就能飞起来！

主任把我领上二楼的卧室，亲自拿了纸和笔递给我，让我在她面前给饶部长写了一封热情饱满的求职信。只是我已经不记得字迹如何了，也不记得信的内容具体是什么了，更不记得写完信后我回去时还说了什么，只记得心情很好，心情很好……

等待的日子总是漫长的。从信递上去的那天开始，我就不断地盼着回信，一天一天的，度日如年，我就像着了魔，紧张到胡思乱想，饶部长会同意吗？饶部长会回信吗？饶部长看到信了吗？我信中写的话妥当吗？我觉得自己已经疯了！其实现在想想，当时信递上去后没过几天，我就得到了想要的答案。饶部长派他的秘书顾晓天通知我,可以到机械部里新成立的销售管理局,负责管理工作。一听到这个消息,我高兴得跃地三尺,心花怒放。真是打心眼里感激主任和部长的支持和帮助啊。工作安排妥当了,我就想着如何感谢他们夫妻俩。随后,我就到主任家去道谢,表达对他们的感激之情,这一趟感谢,我竟发现了意外的惊喜。

那天,我如期到了主任家,竟发现主任有张照片,格外华丽。那是主任年轻时的照片,身穿旗袍,优雅地端坐着,青涩中不失高贵,华丽中不失典雅,虽是一张泛黄了的旧照片,却还是无法掩盖张茅主任的雍荣华贵。我小声地问主任:"主任,您这照片拍得真好,只是有些年限了吧,还有底片吗?"

主任惋惜地说:"年轻时候照片少,穿旗袍的没几张,早年哪有什么底片啊!"

看着那张记录了主任青春时光的旧照片,我也深感惋惜。

突然,我灵机一动,想起我一个表姨夫,叫姚经才,是全国人像摄影协会会长,也是王府井中国照相馆的总经理,对人像拍摄颇有研究,那手艺了得,曾经领袖标准像可都是出自他手,找他帮忙为张茅主任翻修几张,他应该不会拒绝。几张翻拍照片既可以留住主任曾经美丽的纪念,弥补那份惋惜,又可以以此表示感谢,岂不两全。主任听到这个提议也高兴不已。

　　随后我就抽时间到了姨夫家，跟他说明了情况。他一听，二话没说就欣然答应了。他觉得那张照片的翻修，不仅是帮张茅主任留住回忆，更能帮我一个大忙，他很愿意。小小一张照片，虽不能代替我对他们的感激之情，但也表达了我心记恩情，永不忘他们的心意。当我拿着翻新如初的照片放在主任面前时，主任惊叹我表姨夫的好手艺，她看着照片中青涩时光的自己，由衷地笑了，笑得那么真心，笑得那么甜美，那么的灿烂，仿佛照片又带她穿越回自己最美的过去，她能回忆起自己穿着旗袍走起路来有多么的美丽，她能回忆起自己年轻时有多么洒脱，她能回忆起年轻的一切都是那么值得铭记。

　　1987年，饶斌在去上海调研汽车工业情况时，因劳累过度，突发心脑疾病，抢救无效，长逝于上海华亭医院。那时，江泽民时任上海市长，曾倾力调动全国最好的医生抢救这位为中国汽车事业做出巨大贡献的"汽车之父"，但所有的努力依然没有留下他的生命，就这样，他永远地离开了我们，离开他最爱的张茅主任，也离开了他倾注了毕生精力的汽车事业。当我得知这个悲痛的消息，我还在北京，我根本无法接受这样一个让我无法呼吸的事实，我恍惚着急速赶往上海，却依然没能见到老首长最后一面。悲痛之余，我十分惦念张茅主任，不知道她在接到这样的噩耗后，是否依然坚强。我擦干眼泪，又急切赶往上海宾馆探望张茅主任。只见她独自坐在那里，不住地抽泣，脸色惨白，毫无血色，似乎丈夫的撒手离去，也将她整个人抽空，她失去了往日的华丽，亦失去了往日的神采，唯一不变的是，她依然像往日一般，对每个到访的人客气致谢。看到她这样的憔悴，我心如刀绞，眼泪再一次打湿了衣袖……

过去的你，高贵富丽，
如今的你，憔悴低迷，
悲痛来袭，你依然坚强挺立。
我只想在远处陪着你，
因为再多的安慰对你都是多余，
他的离去，就像也带走了你的灵魂，
你的希望随之奄奄一息。
不要哭泣，不要伤心，
走出阴霾，活出自己。
天堂里，他并不孤寂，
他会在另一个世界遥望着你，想着你，继续爱着你……

商海篇

商海搏击八字经

准确定位是商海搏击的奠基石
适时抓机是商海搏击的望远镜
经营人脉是商海搏击的助推器
战略决策是商海搏击的生命线
执行细节是商海搏击的成功法
总结败误是商海搏击的清醒剂
遵守法律是商海搏击的护身器
修身养心是商海搏击的原动力

搏击

一、位字经

宇宙间，有奥秘，万物动，各其位。
定位准，业才成，定位偏，枉费心。
主客观，分析清，自知明，位才准。
定好位，要恒行，出成果，才自信。
形势变，调位随，新领域，要慎行。
寻位难，位难寻，成功否，存乎位。
我寻位，艰难行，四寻位，三调定。
学生时，是梦位，文革间，是游位。
改革兴，是争位，功成退，无位隐。

二、机字经

何为时？是潮流，顺则昌，逆则亡。
何为机？是供需，有需求，供给上。
有供给，创需求，二结合，财富进。
改革始，温饱需，新世纪，小康进。
时机至，要厉行，大机遇，不松劲。
打兔子，要搂草，打胜仗，自豪生。
大小战，有百余，总结好，又前进。
时不待，不泄劲，激流冲，大海进。

三、脉字经

人有脉，如棋盘，经纬线，纵横摆。
血脉近，乡脉联，学脉生，处友脉。
各时期，人才争，积累好，事业成。
识人准，待人宽，善用材，不疑人。
诚信处，三公持，共天下，打天下。
会分享，才能赢，三聚散，学商圣。

四、决字经

要决定，调研行，情况明，下决心。
决定准，要权衡，利弊清，才敢行。
决定时，要量行，行可行，方可行。
决定后，策划好，方案定，步步行。
大项目，可行性，先民主，后决定。
决与策，共同行，决策准，天下定。

五、执字经

执行中，要细心，按方案，逐步行。
走一步，回头省，出问题，要调整。
供与需，常沟通，消误会，融隔阂。
既坚持，又妥协，能灵活，守原则。
刚与柔，相结合，阳与阴，互交通。
控全局，重细节，莫大意，失荆州。

六、法字经

商海中，人心险，或天使，或魔鬼。
闯风暴，避暗礁，护身符，是法律。
要成交，必签约，请律师，把关键。
通法律，要常学，明底线，不可动。

七、败字经

人生路，有失误，总结好，聪慧生。
失误一，做行商，未坐商，丢机会。
失误二，有积累，错地产，机会逝。
失误三，九十年，购房产，没大胆。
失败一，竞投标，小细节，翻了船。
失败二，买雷曼，不懂行，赔百万。
失败三，搞外汇，迷澳元，输得惨。
水不到，渠不成，瓜不熟，蒂不落。
专业度，成熟度，战略度，差得很。
付学费，不遗憾，缜密点，好远行。

八、修字经

修身心，实践论，矛盾论，是明灯。
改主观，明客观，行在始，知随行。
总结好，两飞跃，思华升，方向明。
普遍性，特殊性，主次性，要记清。
初创期，八十年，先官商，后下海。
供需方，两头忙，主导方，抓供应。
发展期，做顾问，北远东，南三星。
南北联，风云动，大平台，好厉练。
调整期，世纪末，投房产，得中海。
苦冥想，思出路，八字经，始形成。
成熟期，已开始，新定位，搞资本。
投港股，旗开胜，金融潮，遭小损。
不懂行，决入门，传统业，可创新。
大项目，做顾问，定方案，全力进。
花甲子，是晚年，过天命，已耳顺。
商海搏，为什么，爱生命，自由行。
潮起落，知进退，抛物线，软着地。
展未来，海岸线，著书稿，带子孙。

2014 年与夫人玉萍留影

图书在版编目（CIP）数据

随笔春秋 / 陈世东著. -- 北京：中国文联出版社，2016.1
ISBN 978-7-5190-1076-8

Ⅰ.①随... Ⅱ.①陈... Ⅲ.①随笔－作品集－中国－当代 Ⅳ.①I267.1

中国版本图书馆 CIP 数据核字(2016)第 021387 号

随笔春秋

作　　者：陈世东	
出版人：朱 庆	
终审人：王 堃	复审人：姚莲瑞
责任编辑：李小欧　周劲松	责任校对：潘传兵
封面设计：开 明	责任印制：陈 晨

出版发行：中国文联出版社
地　　址：北京市朝阳区农展馆南里 10 号，100125
电　　话：010-65389142（咨询）65067803（发行）65389150（邮购）
传　　真：010-65933115（总编室），010-65033859（发行部）
网　　址：http://www.clapnet.cn
E - mail: clap@clapnet.cn　　lixo@clapnet.cn
印　　刷：北京金康利印刷有限公司
装　　订：北京金康利印刷有限公司
法律顾问：北京市天驰洪范律师事务所徐波律师
本书如有破损、缺页、装订错误，请与本社联系调换

开　　本：880×1230	1/32
字　　数：90 千字	印　张：7.25
版　　次：2016 年 1 月第 1 版	印　次：2016 年 1 月第 1 次印刷
书　　号：ISBN 978-7-5190-1076-8	
定　　价：32.00 元	

版权所有　翻印必究